LOVE
NOISE

러브   LOVE
노이즈   NOISE

김태용
장편소설

민음사

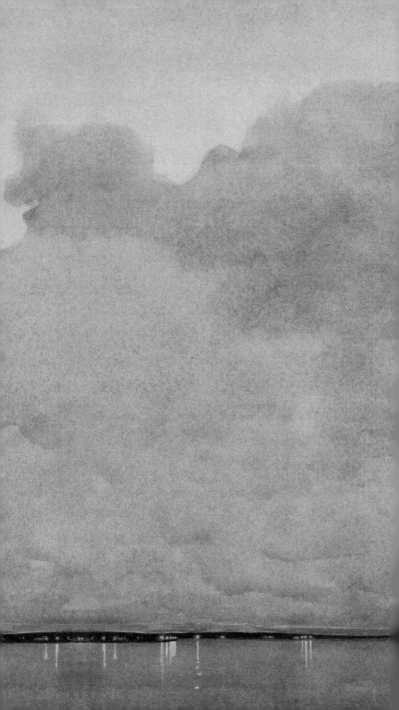

차례

당신은 무슨 일로 그리합니까?

—김소월, 「개여울」

1부_____ 한스와 조니 그리고 차정

긴 이야기가 될 것이다. 먼저 그해 여름으로 돌아가야 한다. 1989년, 초등학교 4학년인 한스와 나는 경기도 부영리에 있는 기린천에 몸을 반쯤 담그고 있었다.

이글거리는 태양. 딸기잼처럼 녹아 흐르는 열기. 군인들을 태우고 가는 거대한 군용 트럭. 먼지가 이는 비포장도로. 돌멩이와 담뱃갑. 종이 뭉치. 그리고 납작하게 말라 죽은 개구리. 여름방학식이 끝나고 집으로 가는 길이었다. 우리는 뒤로 걷기도 하고, 눈을 감고 걷기도 하고, 눈을 감은 채 뒤로 걷기도 했다. 책가방은 열려 있었고, 신맛이 나는 불량 식품을 질겅질겅 씹었다. 씹고 삼키는 것보다 씹고 뱉은 맛이 좋았다. 어떻게 하면 더 불량하게 보일 수 있을까 했지만 아무도 우리를 봐 주지 않았다. 염색 공장에서 흘러나온 폐수에서는 이상하게 코를 자극하는 냄새가 났다. 이 냄새 왠지 좋지 않아. 나도 그래. 좋은 거 같아. 어버버버. 한스와 나는 이런 대화를 주고받다가 기린천에 이르렀다. 들어갈까. 들어가자. 쨍한 더위에 훌렁훌렁 옷을 벗고 강물 속으로 뛰어든 것이다. 우리는 서로에게 물을 튀기며 어떤 말에도 미친 듯이 웃어 댔다. 멀리 도로 위로 간간이 차가 지나갈 뿐 사람은 보이지 않았다. 자연에 버려진 아이들처럼 우리는 시간의 흐름을 잊었다. 우리들의 웃음이 여름의 과일을 더 알록달록하게 만들고 곤충들을 더 멀리 뛰게 할 것이다. 우리들은 간지럼과 부끄럼을 잘 타는, 태생적으로 겁이 많은 귀여운 물고기들이었다.

아무도 우리를 찾지 않을 거야. 아무도 우리를 찾지 않았으면 좋겠다.

구름 저편으로부터 굉음이 들려왔다. 우리는 동시에 고개를 젖혀 하늘을 올려다보았다. 머리 위로 군용 헬리콥터가 지나갔다. 헬리콥터가 어디서부터 어디로 날아가는지 알 수 없었지만 하루에도 두세 번씩 날아갔다. 헬리콥터는 사라지고 소음의 잔향만 남았다. 허공에서 한스와 나의 시선이 부딪쳤다. 한스의 가느다랗게 찢어진 눈이 더 찢어져 보였고, 투명한 뺨은 내 얼굴이 비칠 정도로 환했다. 한스의 두꺼운 입술이 보라색으로 변해 있었다. 넌 작은 가지 입술이 되었구나. 어버버버. 한스가 추워,라고 나에게 물었다. 나의 입술도 보라색으로 변해 있을까. 태양은 어느 위치에서 보아도 같은 자리에 있고, 물 위에 비친 우리의 그림자가 흔들리고 있었다.

"추워. 아니, 안 추워."

나는 윗니와 아랫니를 딱딱 부딪쳤다. 아무도 우리를 찾지 못할 거야. 어버버버. 나는 입술을 안으로 말며 속으로 말했다. 내 입술의 움직임을 읽었는지 한스가 나를 빤히 쳐다보았다. 숨 막힐 것 같은 침묵과 갈증의 시간이 흘렀다. 물방울이 맺힌 한스의 어깨가 들썩였다. 한스가 멀어졌다 다시 가까워지면서 잔물결이 일었다. 물결 위로 빛이 쏟아졌다. 눈에 비친 세계가 일렁였다. 나는 그 빛의 조각들을 셀 수 있는 기억의 천재 조니가 될 수도 있었다. 물속의 수초인지 거머리인지가 종아리로 기어 다니고 있는 것만 같았다. 우리는 강물의 중심으로 좀 더 들어갔다. 배꼽 높이만큼 물이 차 있었다. 나는 발가락으로 흙덩이를 움켜잡으려 애썼다. 그리고 다시 짧은 시간이 흘렀다.

한스의 입술이 나의 입술에 닿으려던 찰나 나는 무

룰을 세워 한스의 배를 툭 쳤다. 그건 결코 거부의 몸짓은 아니었다. 뒤늦게 자신의 행동을 깨달은 한스는 내 머리를 잡고 물속에 집어넣었다. 엄청난 괴력이었다. 나보다 작은 체구인데 어디서 그런 힘이 나오는 것일까. 왜 그래, 미친놈아. 내가 몸부림을 칠수록 나를 찍어 누르는 한스의 힘이 강하게 느껴졌다. 무언가 내 발목을 붙잡고 있는 것 같았다. 온갖 부유물이 뒤섞인 더러운 물의 소용돌이가 나를 집어삼키려 했다. 넌 나를 죽일 거니. 한스는 나의 말뿐만 아니라 나의 모든 것을 가져가려고 한 것일까. 나는 이제 기린천의 물고기가 되어야 할지도 몰랐다.

물속 세계와 나는 어울리지 않는다. 어떤 힘도 느껴지지 않았다. 오로지 흔들림, 흔들림뿐이었다. 나는, 한스는 하나의 흔들림이었다. 물은 한 번도 흔들리지 않은 적이 없다. 결국 나는 물속으로 가라앉고 말았다. 물속으로 가라앉으면서 머릿속에서 주사위를 던졌는데 계속 같은 숫자가 나왔다. 하나의 점. 하나의 점이었다. 한스의 왼쪽 눈 가장자리에 있는 작은 점이 떠올랐다. 한스는 사라지고 그 점만 머릿속에 둥둥 떠 있었다. 그때 나는 내가 죽었다고 생각했다. 그게 아니라면 죽기 직전의 마지막 꿈을 꾸고 있는 것이 분명했다.

입으로 개구리물을 토해 내며 눈을 뜨자 한스 대신 해태 타이거즈 모자를 쓴 한 남자가 나를 빤히 쳐다보고 있었다. 너, 어쩌다 그렇게 늙었니?! 넌 야구를 싫어하잖아?! 그 얼굴을 보고 다시 기절했다가 눈을 떴다. 이번에는 남자 옆에 부엉이가 웅크리고 앉아 있었다. 또다시 기절한 뒤 깨어난다면 기린천이 꽝꽝 얼어붙어 있고 부엉이가 스케이트를 타고 있을지도 모른다. 나는 정말 기린천의 겁쟁이 물고기가 된 것일까. 눈을 비비며 시야의 초점을 되찾자 남자 옆에 앉아 있는 것은 부엉이가 아닌 부엉이처럼 웅크리고 있는 갈색 가방이었다. 어째서 가방이 부엉이로 보였던 것일까. 나는 지금 누군가의 미래를 보고 있는 것일까. 기린천 주변은 평소와 다르지 않았다. 그렇게 보였다. 몇 겹의 열풍이 천변 주위의 이름 없는 풀들을 훑고 지나갔다. 풀벌레 몇 마리가 날아다녔다. 윤기를 뽐내는 풀이 있을 것이다. 바람에 젖은 풀이 있을 것이다. 시든 풀이 있을 것이다. 이제 막 자라기 시작한 풀이 있을 것이다. 자라고 싶어도 자랄 수 없는 병든 풀이 있을 것이다. 풀도 아니면서 풀인 척 풀 속에 숨어 풀이 되기를 기다리는 풀도 있을 것이다. 풀이 되기 싫어 풀에서 벗어나려고 온갖 풀 짓을 다 하는 풀도 있을 것이다. 아니야. 아니야. 난 아니야. 풀들이 고개를 흔들었다. 하나도 이상하지 않았다. 자연은 위태로운 적이 없다. 나는 공포감을 느끼지 말아야 했다. 나는 불안감을 느끼지 말아야 했다. 한스야, 너는 어디 있니?! 어디로 갔니?! 나는 울어야 했다. 부엉 부엉 부엉.

"죽은 줄 알았어요."

남자가 물에 빠진 나를 구한 것일까. 남자가 팔로 입가를 훔치며 말했다. 목소리가 불쏘시개다. 나는 귀를 의심했다. 귓속에서 물이 출렁거렸다. 왜 존댓말을 하는 것일까. 처음으로 나에게 존댓말을 쓰는 어른을 만난 것이다. 혹시 남자는 어느 마을에나 있다는 바보가 아닐까. 배가 고프면 바보들은 아이를 잡아먹기도 한다. 몸을 일으키려 하자 남자의 커다란 손이 내 몸에 닿았다. 나는 손을 대기만 해도 피쉬쉬 까라지고 마는 연약한 생물체처럼 몸을 움츠렸다.

"괜찮아요?"

목소리가 불쏘시개다. 몹시 부끄러웠다. 축축한 팬티 한 장으로는 내 몸을 다 가릴 수 없었다. 어버버버.

부엉 부엉 부엉. 남자는 자동차 정비복 같은 옷을 입고 있었다. 물에 젖은 바지에서 물이 뚝뚝 떨어졌다. 그렇게 주머니가 많이 달린 옷은 처음 봤다. 얼핏 봐도 위에 여섯 개, 아래에 네 개였는데, 내가 모르는 곳에, 가령 겹주머니나 안주머니 같은 것이 더 있는지도 몰랐다. 주머니마다 뭔가가 들어 있을 것 같기도 하고 아무것도 들어 있지 않은 것 같기도 했다. 오른쪽 윗주머니의 붉은 안감이 혀를 내밀 듯 삐져나와 있었다. 포켓맨이라는 단어가 혀끝에 맴돌았다.

포켓맨이 가방의 지퍼를 열었다. 그 소리가 나의 목을 조여 왔다. '도망쳐도 다른 길은 없다.' 나머지 공부가 싫어 몰래 달아나려던 나의 목덜미를 잡은 선생님이 말했었다. 선생님의 옆구리에서 핫도그 냄새가 났었다. 어째서 지금 그 말이 떠오른 것일까. 도망치면 포켓맨이 나를 잡아 납작하게 만든 다음 갈기갈기 찢을 것이다. 찢어진 나의 한 조각을 전리품으로 주머니에 넣고 다닐 것이다. 포켓맨의 주머니 속에는 찢어진 아이들의 조각들이 들어 있을 것이다. 누가 그 조각들을 맞춰 볼 수 있을까. 주변엔 포켓맨과 나밖에 없었고 뜨거웠던 태양의 열기가 점점 사그라들고 있었다. 포켓맨이 가방 속에서 노란 수건을 꺼내 나에게 건넸다. 받지 마라. 받으면 안 된다. 받지 않을 것이다.

예상과 달리 수건은 뽀송뽀송하고 좋은 냄새가 났다. 처음으로 자신의 몸을 닦는 사람처럼 어색하게 수건을 문대며 주변의 내 옷들을 찾았다. 나쁜 자식. 한스가 내 바지를 입고 가 버렸다. 할 수 없이 한스의 초록색 반바지를 입어야 했다. 내가 옷을 챙겨 입자 포켓맨이 강 건너편으로 고개를 돌렸다. 옆얼굴에 보기 싫은 웃음이 걸려 있었다. 한스의 반바지가 앞뒤를 조여 왔다. 가만두지 않겠다. 바지 속 피쉬를 터뜨려 납작하게 만들어 버리겠다. 한스에 대한 복수를 꿈꾸며 몸에 돋아난 물방울이 녹아 사라지기를 기다렸다. 잘 썼습니다,라는 뜻으로 인사를 하곤 수건을 돌려주려고 하자 포켓맨이 나를 빤히 쳐다보며 말했다.

"머리에 아직 물이 많아요."

잠시 후 포켓맨이 가방에서 비29 두 봉지를 꺼내 하나를 나에게 주었다. 비29가 두 봉지나 가방에 있다니. 부엉이 가방 속에는 얼마나 많은 비29가 들어 있을까. 의심과 달리 나의 손은 이미 비29의 봉지를 뜯으려 애쓰고 있었다. 잘 뜯어지지 않았다. 포켓맨이 자신의 것을 뜯어 나에게 주고 내 것을 가져가 뜯은 뒤 하나를 꺼내 입에 넣었다.

"누군가와 함께 과자를 먹는 게 정말 오랜만이다."

포켓맨이 말했다.

"과자도 같이 먹으면 맛있구나."

비29를 소리 나게 씹으며 또다시 혼잣말을 했다. 나는 포켓맨의 혼잣말과 함께 비29를 입안에 넣었다. 카레 향이 입안에 퍼졌다. 모양은 꼭 벌레의 유충 같고, 특이하게도 카레 맛이 나서 한번 먹어 본 뒤로 쳐다도 보지 않았었는데 비29가 이렇게 맛있었나. 그렇게 나는 노란 수건을 머리에 쓰고 포켓맨과 함께 눈앞의 기린천을 바라보며 비29를 먹고 있었다. 포켓맨이 나의 이름을 물어보면 한스의 본명을 말해 줘야지 하고 있었지만 묻지 않았다. 포켓맨의 이름은 주머니일 것이고 주머니는 어머니를 떠올리게 했고 어머니는 그러니까 엄마는 에그머니나라는 말을 자주 했고 에그머니나는 왠지 계란주머니를 연상하게 했다. 계란 하나가 들어가는 계란주머니는 아주 귀엽고 부드러울 것이다. 밤마다 손에 쥐고 입술에 부비며 잠들 수 있고, 주머니에 넣고 어디로든 갈 수 있을 것이다. 한스의 반

바지 주머니는 너무 작아서 손이 들어가지 않았다. 한
스와 같이 먹던 과자는 모두 불량 식품이었다. 과자도
같이 먹으면 맛있다. 앞뒤가 납작한 생각들이 과자처
럼 입안에서 부서졌고 짜고 맵고 달았다. 서서히 긴장
이 풀리고 있었다.

비29를 씹으며 포켓맨이 돌 하나를 주워 강물에 던
졌다. 퐁 소리를 내며 돌이 물속으로 사라졌다. 두 번
째 돌을 주워 강물에 던졌다. 퐁 소리를 내며 돌이 물
속으로 사라졌다. 세 번째 돌을 주워 강물에 던졌다.
퐁 소리를 내며 돌이 물속으로 사라지기 전 허공에서
모습을 감췄다. 이번엔 내가 돌을 주워 강물에 던졌다.
퐁 소리를 내며 돌이 물속으로 사라졌다. 얼마나 많은
사람이 물속에 돌을 던졌을까. 얼마나 많은 돌이 물속
에 가라앉아 있을까.

"이걸 다 먹기 전에는 넌 집에 갈 수 없다."

포켓맨이 책을 읽듯이 말했다. 내 입술 끝에 과자
가루가 잔뜩 묻어 있다는 것을 뒤늦게 느꼈다. 얼굴이
온통 과자 가루 범벅일지도 몰랐다. 나는 비29 봉지
를 움켜잡았다. 이제야 본색을 드러내는 것일까. 뭐라
도 잡을 게 필요했다. 바지도 입었으니 여차하면 포켓

맨의 얼굴에 돌을 던지고 달아날 수 있을 것이다. 포켓맨이 뒤로 물러서는 나를 의식했는지 다시 입을 열었다. 저 입. 저 입이 문제다. 입속에 불쏘시개가 가득하다. 불쏘시개가 나를 위협하고 나를 말랑말랑하게 만든다.

"어릴 적 그러니까 내가 당신처럼 작았을 때였습니다. 이걸 다 먹기 전에는 넌 집에 갈 수 없다. 갑자기 그 말이 생각이 납니다. 어린 시절은 이해할 수 없는 것들로 둘러싸여 있습니다. 나는 다 먹지 못했고, 집에 갈 수 없었어요. 그리고 여전히 나는 집에 갈 수 없습니다."

무슨 말을 하는 것일까. 그리고 나에게 왜 그런 말을 하는 것일까. 포켓맨이 바보가 아니면 누가 바보일까. 여전히 나는 물속에서 허우적대고 있거나 꿈속에서 서성거리고 있는지도 몰랐다.

"집이 어디입니까?"

목소리가 불쏘시개다. 나는 물에 불어 쭈글쭈글해진 손가락으로 아무 데나 가리켰다. 멀리 언덕 교회 십자가가 보였다. 친구의 꾐에 빠져 따라간 교회에서 받은 둥글납작한 빵과 남기지 말고 다 먹고 가라던 어린 이부 여선생님의 목소리가 떠올랐다. 뼈만 있는 것 같은 마른 몸에 자로 잰 듯 길이가 일정한 단발머리 선생님은 언제나 셔츠 단추를 목까지 채우고 있었다. 실종된 선생님은 야산에서 목을 맨 시체로 발견되었고 셔츠 단추도 모두 채워져 있었다고 했다. 한동안 선생님의 유서에 적힌 구절이 사람들의 입에 오르내렸다. '나는 사랑해서는 안 될 사람을 향해 나아가고 있습니다.' 그것은 『세계의 사랑 시』에 실린 바이런이라는 영국 시인의 시라고 밝혀졌고, 선생님이 사랑해서는 안 될 사람이 누구인지 어른들과 아이들이 수군대며 추리를 했다. 결국 선생님이 사랑해서는 안 될 사람은 목사님이었다는 결론이 났고, 더 이상 나도 교회에 나가지 않았다. 교회 주변에는 떠돌이 개들이 많았다. 나는 나대로 선생님은 자살이 아닐 거야,라고 생각하며 셔츠의 단추를 목까지 채웠다가 풀곤 했다. 억울하게 죽은 사람은 영혼으로 떠돌며 산 사람의 손가락에 주문을 걸어 자신이 있는 위치를 가리키게 만든다, 그러니까 우리가 무심코 팔을 뻗을 때도 다 이유가 있는 것이다,라는 『코스모스 괴담 백과』의 글도 떠올랐다. 나는 사랑해서는 안 될 사람을 향해 나아가고 있습니다. 나는 머리에 쓰고 있는 노란 수건을 벗었다. 비29 봉지를 들고 있는 포켓맨의 까만 손톱이 눈에 들어왔다. 포켓맨의 알 수 없는 기억에 나의 기억을 얹혀 놓고 나는 내 유년의 기묘한 페이지를 채우고 있었다.

"나에게도 집을 가리킬 수 있는 손이 있지만 이제 집이 없습니다."

포켓맨의 말들은 나를 현실과 비현실의 세계로 왔다 갔다 하게 만들고 있었다. 집이 왜 없어요,라는 질문은 왠지 해서는 안 될 것만 같았다. 금방이라도 포켓맨이 눈물을 흘리거나, 지루한 이야기를 펼쳐 놓고 말 것이다. 그 이야기는 밤이 되어도 끝나지 않을 것이다. 어느 쪽이든 내가 집에 갈 수 있는 시간이 늦어질 것이었다. 지금쯤 한스는 깨끗한 새 옷으로 갈아입고 맛있는 간식을 먹고 있겠지. 조니가 나를 물에 빠뜨렸어요. 엄마에게 이야기를 꾸며 말하겠지. 조니는 나쁜 애구나. 같이 다니지 말아라. 한스는 자신의 엄마에게 조니가 아닌 나의 진짜 이름을 말했을까. 어쩌면 나처럼 우리의 이름과 존재를 말하지 않았을지도 모른다. 한스는 조니라는 인형의 목을 가위로 자르고 있을 것이다.

"강물에 노을이 번져 가는 것처럼 외롭다."

"네, 뭐라고요?"

"아무것도 아닙니다. 아무것도, 아무것도 아닙니다. 정말 아무것도 아닙니다."

아무것도 아니라는 말도 세 번 이상 반복하면 아무것도 아닌 것이 아니게 된다. 알았어요. 알았어요. 알았다고요. 하지만 내가 무엇을 알고 있다는 말인가. 무엇을 알 수 있다는 말인가. 아무것도 알았어요. 쩌억, 하고 왼쪽 귀에서 물이 빠지는 소리가 들렸다. 아니라고 했지만 나는 분명 강물에 노을이 번져 가는 것처럼 외롭다고 말한 포켓맨의 목소리를 들었다. 목소리가 불쏘시개다. 꺼져 버린 불쏘시개. 식어 버린 불쏘시개. 강물에 노을이 번져 가는 것처럼 외롭다. 그 말에서 나는 달아날 수 없을 것만 같았다.

강물에 노을이 번져 가는 것처럼 외롭다. 우리는 어떤 놀이에 빠진 것일까. 포켓맨과는 바보 같은 대화를 끝도 없이 할 수 있을 것 같았다. 무의미를 향해 가는 무한의 대화였다. 하지만 그것을 대화라고 할 수 있을까. 혼잣말도 대화가 될 수 있다는 것을 나는 학습하는 중이었다. 잊기 힘든 하루다. 이 하루를 잊지 못해 나는 얼마나 많은 날을 살아야 하고 얼마나 많은 날을 잊어버려야 할까. 망각 그리고 삶. 나는 내가 모르는 언어의 세계에 발을 들이고 있었다. 반나절 만에 미성숙한 어른이 된 것이다. 우리는 다시 입을 다물었다. 손과 입이 과자 가루로 버석거렸다. 혀는 노란 카레 색으로 물들어 있을 것이다. 포켓맨의 입술 주변 수염에도 과자 가루가 달라붙어 있었다. 언젠가 내 얼굴에도 수염이 돋아날 상상을 하면 끔찍하다. 이미 돋아났는지도 모른다.

"당신은 무슨 일로 그리합니까?"

이번엔 무슨 말을 하게 될까, 나는 어느새 익숙해진 포켓맨의 혼잣말에 아무 대꾸도 하지 않았다.

"홀로이 개여울에 주저앉아서 파릇한 풀포기가 돋아 나오고 잔물이 봄바람에 헤적일 때에."

포켓맨은 한없이 낮은 목소리로, 고저가 없는 멜로디로, 노래 비슷한 것을 부르고 있었다.

"가도 아주 가지는 않노라시던 그런 약속이 있었겠지요 날마다 개여울에 나와 앉아서 하염없이 무엇을 생각합니다 가도 아주 가지는 않노라심은 굳이 잊지 말라는 부탁인지요."

노래가 끝나 갈 즈음 포켓맨의 울먹임을 얼핏 들었던 것 같다. 떠나기 전 포켓맨은 내가 쓴 노란 수건을 두 손으로 꽉 짠 뒤 탈탈 털어 정확히 네 번을 접어 가방에 넣었다. 다 먹은 비29 봉지 역시 탈탈 털어 속을 비운 뒤 딱지처럼 납작하게 접어 가방 옆주머니에 넣었다. 포켓맨이 가방을 메며 자리에서 일어나 엉덩이를 털었다. 바지가 덜 말라 물 자국이 선명하게 보였다. 나도 포켓맨을 따라서 일어났다.

"우리는 함께 과자를 먹은 적이 없습니다. 나를 보았다고 말하지 않을 거지요?"

포켓맨의 눈이 가늘어지면서 떨리고 있었다. 어둠 속에서도 빛을 발하는, 무언가에 굶주린 바보 짐승의 눈이었다. 나를 보았다고 말하지 않을 거지요? 나를 보았다고 말하지 마라,라는 말보다 무게와 간절함이 느껴졌다. 나는 긍정도 부정도 아닌 고갯짓을 했다. 돌이킬 수 없는 사건의 공모자가 된 것만 같았다. 한스의 반바지가 가랑이를 조여 왔다.

"물에 빠진 저를 구해 주셨어요. 제가 어떻게 보답해야 할까요?"

나의 목소리는 꺼진 아궁이를 들쑤시는 시골 할머니의 부지깽이다. 나의 말이 나의 말이 아닌 것처럼 나에게 들려와 나를 부끄럽게 만들었다. 내 입에서 보답이란 단어가 튀어나올 줄은 몰랐다.

"앞으로 수영을 배우도록 해요. 얕은 물이라도 조심해야 합니다. 물의 깊이는 아무도 알 수 없어요. 그리고 항상 몸조심해요. 언제 어디서 총알이 날아올지 모르니까."

영화를 많이 보면 사람이 이상해진다고 시골 할머니는 말했었다. 포켓맨은 혹시 영화를 너무 많이 본 것이 아닐까. 포켓맨이 나의 어깨를 한 번 잡았다 놓았다. 나도 모르게 몸을 움츠렸다. 부엉 부엉 부엉. 그렇게 나는 한쪽 어깨가 기울어진 사람이 되었다.

"어서 가요, 어서 가!"

이상하게도 자신이 나를 떠나면서 그렇게 말했다. 포켓맨은 기린천을 따라서 걸어가다가 도로로 올라갔다. 아주 빠른 걸음이었지만 슬로비디오처럼 느리게 눈앞에서 사라지고 있었다. 그가 메고 있는 가방이 부엉이처럼 보였다. 포켓맨은 부엉이를 엎고 도망치고 있었다. 무언가로부터?! 어딘가로?! 한 번도 뒤를 돌아보지 않았다. 내가 뭐라고. 그러니까 내가 뭐라고. 아니야. 아니야. 난 아니야. 포켓맨도, 그와 나눴던 혼잣말도, 같이 먹었던 비29도, 모두 거짓말처럼 느껴졌

다. 누가 믿어 줄 수 있을까. 한스는 나를 째려보며 거
짓말하지 마,라고 말하겠지. 쩌억, 하고 오른쪽 귀에서
물이 빠지는 소리가 들렸다. 나는 허술한 무대 위에 올
라간 대역 배우처럼 그 자리에서 한 바퀴 돌았다. 두
바퀴 돌았다. 세 바퀴 돌았다. 네 바퀴는 돌 수 없었다.
그대로 풀밭에 쓰러졌다. 축축한 풀밭 속으로, 땅속으
로, 물속으로, 심연 속으로, 몸이 점점 가라앉고 있었
다. 젖은 돌들이 오후의 황금빛을 반사하고 있었다. 머
릿속으로 주사위를 던졌다. 점이 하나도 없는 텅 빈 네
모 면이 눈앞에 떨어졌다.

이제 집으로 가는구나, 하고 걸어가고 있었는데 다
리는 언덕 교회를 향하고 있었다. 어기적어기적. 책가
방은 점점 아래로 처지고, 한스의 반바지 때문에 다리
를 과장되게 벌리고 걸어야 했다. 종아리에 풀독이 올
랐는지 가려웠다. 방금 물속에서 빠져나온 바보처럼
걸어갔다. 교회는 바보를 반겨 주지 않는다. 교회 주변
으로 가끔 떠돌이 개들이 어슬렁거렸다. 개들은 셋이
었다가 둘이었다가 하나이기도 했다. 머리가 세 개인
개 이야기를 어디선가 들어 본 적이 있다. 지옥을 지키
는 개라고 했던가. 떠돌이 개는 보이지 않았다. 머리가

세 개인 개. 밖으로 나온 머리가 아닌 머릿속에 머리가 있고 그 머릿속에 또 머리가 있는 세 개의 머리를 가진 개. 나는 그런 개를 만나고 싶었는지도 모른다.

한낮의 부풀어 올랐던 태양이 뭉개진 토마토가 되어 눈앞을 물들이고 있었다. 방금 내가 빠져나온 기린천이 멀리 보였다. 기린천은 어디서부터 어디까지가 기린천일까. 나는 혀뿌리에 남은 혼잣말을 불러냈다. 강물에 노을이 번져 가는 것처럼 외롭다. 개여울. 개여울. 같은 말을 계속 중얼거리며 어스름한 저녁 나는 집에 도착했다.

다행히 엄마는 시장에 갔는지 보이지 않았고, 공무원인 아빠는 아직 집에 돌아오지 않았다. 반바지와 팬티를 벗었다. 엉덩이에 붉은 자국이 나 있었다. 화장실 거울에 몸을 비춰 보았다. 왼쪽 엉덩이를 찰싹 때려 보았다. 오른쪽 엉덩이를 찰싹 때려 보았다. 팔을 뒤로해 두 손으로 양쪽 엉덩이를 동시에 찰싹찰싹 때려 보았다. 샤워를 하면서 비누를 몇 번이나 떨어뜨렸는지 모른다. 그날 밤 악몽 같은 것은 꾸지 않았지만 종아리가 가려워 좀체 잠을 이루지 못했다.

뻘겋게 풀독이 오른 나의 종아리를 보고 엄마가 잔

소리를 한 뒤 쑥즙과 밀가루풀을 섞어 발라 주었다. 시골 할머니에게 배운 민간요법이라고 했다. 한스를 찾아가야지 하다가 풀독이 오른 다리를 핑계로 내일 내일 하면서 미뤘다. 두렵고 떨렸다. 왜 그런지 이유를 알 수 없어 더 두렵고 떨렸다. 나는 팔을 뻗어 머릿속의 머릿속의 머리를 찾아보려 했다. 한스의 반바지가 내 서랍에서 고약한 냄새를 풍기며 썩고 있었다.

며칠 후 포켓맨은 포천에 있는 부대의 탈영병으로 체포되어 저녁 뉴스에 나왔다. 줄무늬 티셔츠와 청바지로 옷이 바뀌어 있고, 깔끔하게 수염이 사라져 있었지만 눈매와 콧날이 같았다. 포켓맨이 분명했다. 포켓맨을 끌고 가는 남자의 손에는 부엉이 가방이 들려 있었다. 포켓맨은 부대에서 들고나온 M16 소총을 강에 버리고 두 달 넘게 경기도 일대를 돌아다니다 잡힌 것이다. 옷을 훔쳐 갈아입고 과자로 끼니를 때우면서 산에 숨어 있었다고 했다. 교회 선생님이 죽은 우리 마을 야산은 아니었다. 뉴스 앵커는 군 기강이 흔들리고, 미제의 연쇄살인으로 민심이 흉흉한 가운데 그동안 시민들은 공포에 더 떨어야 했다고 강조했다.

"에그머니나, 무서워라."

주름치마를 입고 아빠다리를 한 채 사과를 깎던 어머니가 말했다.

에흠, 하고 아버지가 헛기침을 했다. 아버지의 입술 끝에 붉은 버짐이 피어 있었다.

"드디어 잡혔군. 저놈 하나 때문에 우리도 비상이었잖아. 바보, 쏘지도 않을 총은 왜 들고나온 거야."

"에그머니나, 그런 말 마요. 끔찍하게. 불쌍해. 저런 고운 얼굴로 얼마나 힘들었으면 그랬을까. 저렇게 잡혀 들어가면 감옥 가는 거지?"

"감옥에서 나와도 계속 감옥이야. 얼굴이 무슨 상관이야. 에흠, 근데 사과가 왜 이렇게 써?"

아버지가 굵고 짧은 손가락으로 푸른 사과 한쪽을 집어 먹으며 말했다.

"풋사과라 그래요. 포크 좀 써요."

"풋사과라고 다 그럴까. 요즘엔 뭘 먹어도 다 써. 포크도 써."

"에그머니나, 웃기기도 않아. 난 달기만 한데."

"난 쓰다고. 입이 써서 죽겠어. 에흠, 근데 너는 왜 사과 뼈까지 먹고 있냐?"

그렇다. 나도 모르는 사이에 사과의 뼈를 씹어 먹고

있었다. 그제야 사과 뼈가 쓰다는 것을 알았지만 뱉지
않고 씹어 삼켰다. 사과 뼈의 잔해와 씨들이 목구멍 아
래로 떨어졌다.

"방학하니까 좋으냐?"

아버지는 왜 엄마에게도 나에게도 존댓말을 하지
않는 것일까.

"강물에 노을이 번져 가는 것처럼 외로워요."

들릴 듯 말 듯한 나의 혼잣말에 누구도 반응하지 않
았다. 텔레비전 옆에 놓인 엄마 아버지의 결혼식 사진
이 유난히 낯설게 보였다. 그날 밤 꿈을 꾸었다. 언덕
위 교회에서 결혼식이 진행되고 있었다. 신랑은 포켓
맨, 신부는 교회 선생님. 둘은 무표정한 얼굴로 정면을
응시하며 천천히 걸어갔다. 둘 앞에는 흰 드레스를 입
은 화동 두 명이 서 있었는데, 문제의 한스와 조니였
고, 드레스 안에 껴입은 초록색 반바지가 비쳐 보였다.
그리고 이후에는 총천연색 과일들이 폭탄처럼 터지고
있었다. 식은땀을 흘리며 새벽에 눈을 뜬 나는 결혼식
주례는 머리가 세 개인 떠돌이 개가 맡아야 하지 않을
까, 하는 생각으로 나의 혼미한 상태를 더 악화시켰다.
신부는 사랑해서는 안 될 사람을 향해 나아가고 있습

니까? 크앙 크앙 크앙. 신랑은 강물에 노을이 번져 가는 것처럼 외롭습니까? 크앙 크앙 크앙. 그날 이후 나는 어떠한 상황에서도 절망보다는 관망을, 희망보다는 관망을 택하는 불투명하고 불량한 삶의 자세를 취하게 되었는지 모른다.

두려움과 떨림은 이상한 방향에서 현실이 되었다. 그날 물속에 빠진 나를 버리고 뛰어가던 한스는 자동차에 부딪혀 납작해지고 말았다고 한다. 왼쪽 다리의 부상이 심해 다리를 절단했다는 이야기가 들려왔다. 사라진 풀독이 온몸으로 퍼지는 것만 같았다. 한스의 소식을 건너 건너 전해 듣고도 녀석을 만나러 가지 못하고 있었다. 여름방학이 끝나 갈 무렵 한스가 병원에서 퇴원 후 집에 있다는 소식을 학급 연락망을 통해 들었다. 나는 한스를 찾아가게 되었다. 더 이상 미룰 수 없었다. 아버지가 서울로 발령이 나 이사를 하게 된 것이다. 한스와 나는 다른 동네에 살고 있어 서로의 집에 놀러 간 적이 없었다. 한스의 집은 우리 집의 두 배쯤 커 보였다. 왠지 다행이라는 생각이 들면서도 거실에 들어서자 괜히 왔다는 후회가 밀려왔다. 한스 엄마가 한스의 방에 노크한 뒤 바로 문을 열고 나를 안으로 밀어 넣었다.

"친구 왔다."

"누가 들어오래?!"

한스의 목소리가 다 타 버린 나무의 재처럼 흩어졌다. 한스 엄마가 나가며 문을 닫았다. 대낮에도 커튼이 쳐져 있고 한스는 침대에 누워 있었다. 침대를 위한 방이이었다. 자주색 침대 시트가 이상하게 한스와 어울렸다. 자주색. 자주색이라니. 목이 긴 선풍기 한 대가 후텁지근한 바람을 만들어 내고 있고, 침대 옆에는 휠체어가 윤기를 뽐내며 어서 앉으라는 듯 놓여 있었다. 자연스럽게 왼쪽 다리에 먼저 시선이 갔는데 누런 이불 홑청 같은 것에 돌돌 말려 있어 어떤 상태인지 짐작할 수 있었다. 커튼으로 스며든 엷은 햇살이 한스의 얼굴에 음영을 만들었고 음영 때문인지 표정이 미세하게 흔들리고 있었다. 미소를 짓기에는 우리 사이의 거리가 좀 애매했다. 나는 머뭇거리며 천천히 침대 쪽으로 걸음을 옮겼다. 오른손에 들려 있는 종이 가방이 흔들렸다. 침대 머리맡에는 작은 책이 보였는데, 책 같은 것은 평생 거들떠보지도 않을 것 같은 녀석에게 적지 않은 변화가 일어난 것인가 하고 의아했다.

"뭐 하냐?"

"꺼져."

"괜찮아?"

"꺼져."

"네 반바지 가져왔어."

"꺼져."

"내 옷 돌려줘."

"꺼져."

한스와 나 사이의 빈 공간이 점점 납작해지는 것만 같아 한쪽으로 몸을 기울였다. 더 이상 참을 수 없다는 듯 한스는 옆에 있던 책을 집어 던졌다. 나는 아픈 척 가슴을 움켜쥐며 상체를 구부렸다. 바닥에 떨어진 책을 보았다. 감옥에 갇힌 남자의 그림이 그려져 있었다. 부아고베라는 사람이 지은 『철가면』이었다. 철가면이라니. 누가 너의 얼굴을 보고 있을까. 나는 어떤 표정을 짓고 있을까. 우리가 아무리 애를 써도 만들어 내지 못하는 표정은 어떤 것일까. 어버버버. 부엉 부엉 부엉. 크앙 크앙 크앙. 한스야, 너는 어디 있니. 책을 발끝으로 살짝 밀어 낸 뒤 나는 한스의 방을 나왔다. 방 안쪽에서 또 다른 뭔가를 집어 던지는 소리가 들렸다.

"벌써 가려고?"

파란 물뿌리개를 들고 마당 한편에 가꿔 놓은 화단에 물을 주고 있던 한스 엄마가 말했다. 처음 볼 때는 몰랐는데 길고 마른 몸에 배가 볼록하게 나와 있었다. 어깨에서 종아리까지 내려오는 치마는 임부복이었다. 한스의 동생이 자라고 있다니. 한스 엄마는 종이 가방에서 한스의 반바지를 꺼내 보곤 눈물을 글썽였다.

"이제 우리 하순이에겐 이 바지는 필요 없구나."

"제 옷은 없나요?"

"무슨 옷 말이니?"

"아니에요."

"이거 도로 가져가고 자주 찾아오렴. 하순이가 뭐래도 친구가 도움이 될 거야."

"다음 주에 서울로 이사 가요."

"편지라는 게 있잖니."

"얼마나 됐어요?"

"무슨 말이니?"

나는 손가락으로 한스 엄마의 배를 가리켰다. 한스 엄마가 이를 드러내 보이며 웃었다.

"반 정도 남았다. 동생 있니?"

나는 고개를 저었다. 한스 엄마가 자신을 배를 쓰다 듬었다.

"동생이 나오면 하순이가 업어 주고 자전거도 태워 준다고 했는데."

한스 엄마가 한숨을 쉬듯 말했다. 화단의 꽃과 땅이 축축하게 젖어 있었다. 빨간 꽃의 이름은 샐비어일 것이다. 샐비어가 아니어도 샐비어일 것이다. 내가 아는 꽃 이름 중 하나였다. 샐비어의 꽃말은 '불타는 생각',이라고 시골 할머니가 말해 주었다. 할머니는 꽃말 사전을 머리맡에 두고 읽곤 했다. 샐비어를 계속 바라보았다. 지금 빨갛게 불타오르는 샐비어를 불쏘시개로 들쑤시고 부지깽이로 휘젓고 싶은 이 마음은 무엇일까. 할머니라면 나의 이런 마음에 이름을 붙여 줄 수 있을 것이다. 하지만 할머니는 이제 없다. 한스를 만나고 나자 할머니가 돌아가시고 나서 며칠 뒤 찾아온 통증과 비슷한 기분이 느껴졌다. 한스 엄마가 노란색 메모지와 모나미 볼펜을 주고 집 주소를 불러 주었다. 화단 옆 장독 위에 메모지를 올려놓고 옮겨 적었다. 손이 떨려 평소보다 글씨가 엉망이었다.

"우리 하순이만큼 못 쓰는구나. 글씨를 보면 사람

마음을 알 수 있단다."

내가 고개를 숙인 채 그대로 있자 한스 엄마가 볼록한 배를 내 쪽으로 들이밀며 말했다. 우유팩 주둥이를 입으로 빨 때의 냄새가 났다.

"가끔 편지를 보내 주렴. 하순이가 답장을 하지 않아도 받으면 좋아할 거야."

메모지를 접어 뒷주머니에 넣었다. 손에는 종이 가방이 그대로 들려 있었다. 등 뒤에서 철문이 닫히고 빗장을 거는 소리가 요란하게 들렸는데 그 순간 한스가 자신의 엄마가 진짜 엄마가 아니라고 했던 말이 기억났다. 한스는 왜 그런 말을 했을까. 그 말이 사실인지 아닌지는 이제 물어볼 수도 확인할 수도 없을 것이다. 우리는 더 이상 한스와 조니가 될 수 없을 것만 같았다. 우리는 텔레비전 서부극「말도 없이 총도 없이」의 두 주인공인 한스와 조니에 빠져 양하순은 한스로, 목종희는 조니로 이름을 바꿔 불렀었다. 우연인지 운명인지 우리 이름의 발음이 한스와 조니와 비슷하다는 것이 신기하기만 했다. 마지막 편에서 한스와 조니는 석양을 등지고 각자의 길로 걸어간다. 자막에는 이렇게 쓰여 있었다. '그렇게 둘은 영원히 만나지 못했다.'

집으로 돌아오는 길에 나는 가게에 들러 비29를 샀다. 봉지가 잘 뜯어지지 않아 힘을 주자 옆으로 보기 싫게 찢어졌다. 몇 개를 집어 입에 쑤셔 넣었다. 아무 맛도 느껴지지 않았다. 아니 토할 것 같은 맛이었다. 인적이 드문 논두렁을 걸으며 비29를 하나씩 떨어뜨린 뒤 봉지를 구겨 던졌다. 집에 도착할 때쯤 나는 왼쪽 다리를 일부러 절고 있는 나를 모른 척하고 있었다.

서울로 이사를 하는 날, 이른 아침에 본 기린천에는 안개가 자욱하게 껴 있었다. 한스가 나의 입술에 자신의 입술을 대려고 했을 때 가만히 있는, 아니 한스를 적극적으로 끌어안는 나를 상상하다가 고개를 흔들었다. 멀리 언덕 교회 주변으로 하얀 떠돌이 개 한 마리가 허정허정 기어가고 있었다. 아니 그건 내 눈에 달라붙은 먼지의 잔영이었다.

서울 혜화동으로 이사해 새로운 환경에 적응하던 중 학교 도서관에서 우연히 부아고베의 『철가면』을 발견한 뒤 책을 빌려 읽었다. 한스가 읽던 책과는 다른 표지였다. 감옥에 갇혀 있는 철가면이 아닌 갈색 말을 타고 성을 향해 달려가는 철가면이 그려져 있었다. 기대와 달리 『철가면』은 뒤로 갈수록 흥미가 떨어졌다.

그래도 나는 한스에게 편지를 쓰려고 하고 종이에 철
가면을 그려 보기도 했다. 한스는 철가면을 다 읽었을
까. 나는 감옥에 갇힌 철가면 모리스와 그의 애인 방다
의 이야기를 읽고, 방에 갇힌 외발 소년 한스 모리스와
그를 구하려는 여장 소년 조니 방다를 상상하다가 편
지지를 찢었다. 나도 『철가면』을 읽고 있어,라고 시작
하는 편지는 결국 완성되지 못했고, 어느 순간 책상 서
랍에 넣어 둔 주소가 적힌 메모지도 잃어버리고 말았
다. 어느 날 옷장을 정리하던 엄마가 한스의 초록색 반
바지를 꺼내 보이며 말했다.

"너한테 이런 바지가 있었나. 이제 작아서 못 입겠
다. 버릴게."

"버리지 마요."

"애착 바지니?"

"몰라요."

몇 번의 계절이 바뀌고 뒤늦게 반바지가 사라졌다
는 것을 알았다. 내 얼굴에는 수염이 돋아나기 시작
했다. 중학교 3학년 때 처음 아버지의 면도기로 수염
을 깎아 보았다. 위암으로 투병 중이던 아버지의 유언
대로 경제학과에 진학했다. 별다른 꿈이 없던 나는 경

제인이 되라는 아버지의 말과 달리 경계인이 되어 가고 있었다. 1학년 1학기 때 간신히 학사 경고를 면하고 목돈이 있으면 좋겠다는 생각으로 소설이란 걸 써 보았다. 제목은 「한스의 방」이었고, 그 소설로 대학 신문의 문학상을 받았다. "지나치게 비관적인 세계관이 작품 전반을 지배하고 있지만 허무맹랑하고 도발적인 상상력으로 작품을 끝까지 밀고 가 삶과 죽음에 대한 인식에 도달하게 만드는 작품이다. 또한 경제학 전공자라고는 믿기 힘든 참신하고 풋풋한 문학적 소양이 담겨 있어 수상을 결정했다."라는 앞뒤 논리가 어긋나 있는 국문과 교수의 심사평을 이해할 수 없었지만, 당선이 되자 잠시나마 교내에서 주목을 받게 되었다. 결정적으로 그 소설을 읽은 독문과 학생이 찾아왔다. 이차정이라고 자신을 소개한 그 사람은 자신도 문학상에 응모했다고 했다. 나와 함께 최종심에 올라 떨어진 사람이었다. 우리는 학교 근처 도토루 카페에 앉아 커피를 마시며 드문드문 대화를 이어 갔다. 맑았던 하늘이 어두워지더니 갑자기 비가 내리기 시작했다.

"오우, 비가 내리네요."

"그러네요."

"요즘 비는 머리가 빠진다던데."

"머리숱이 많아서 괜찮아요."

"정말 많아 보여요."

"좀 많지요."

늦가을이었다. 금방이라도 휘발될 것 같은 일상적이고 수줍은 대화들에 몸이 녹고 있었다. 비가 내리는 창밖으로 자동차들이 물을 튀기며 지나갔다. 갑작스러운 비에 우산을 챙기지 못한 사람들이 서둘러 뛰어가고 있었다. 한 여자가 강아지를 품에 안고 걸어가고 그 옆에서 커다란 우산을 받쳐 주며 또 다른 여자가 걸어가고 있었다. 모든 게 평화롭게 흘러가고 있다고 생각했다. 잠시 어색한 침묵이 이어졌다. 일 분만 더, 십 분만 더, 한 시간만 더 이렇게 침묵을 해도 좋았다. 하지만 침묵의 수면에 돌을 던진 것은 나였다. 뭔가 의미 없는 말로 감정을 드러내고 싶어졌다. 내가 던진 돌이 침묵 속으로 퐁 소리를 내며 사라지길 바랐다.

"물에 빠져 본 적 있어요?"

"아니요."

"수영할 줄 알아요?"

"잘해요. 종희 씨는요?"

"전 못해요."

좋은 건 좋다고 하고 잘하는 건 잘한다고 말할 수 있는 사람. 저음의 허스키한 목소리에 스웨터가 잘 어울리는 차정 씨는 나보다 두 살이 많았다. 대화의 주도권은 차정 씨가 잡고 있었고, 나는 그게 마음에 들었다. 무언가를 그렇게 열심히 좋아하는 사람을 처음 만난 것이다. 작가가 되기 위해 독문학을 선택했고 마르그리트 뒤라스와 잉게보르크 바흐만, 버지니아 울프 등을 언급했지만 내가 제대로 읽어 본 책이 없다고 하자 의심스러운 눈초리로 쳐다보았다. 그러곤 이후에 만날 때마다 작가 이름을 들먹이며 새로운 소설을 쓰고 있냐고 물었다. 내가 아니라고 하자 재능을 낭비하고 있다고 핀잔을 주었다. 그 말에 기분이 좋다가도 돌아서면 아무 의미 없는 말처럼 느껴졌다. 그래도 나는 차정 씨가 추천한 책들을 전부 읽으려고 했다. 그중 카롤 젤란스키와 플로라 시몬의 글이 마음에 들었다. 소설처럼 그들의 삶도 비극적이고 비참해서였는지도 모른다. 차정 씨의 모든 일상은 문학적 행위여서 연인처럼 가까워져도 서로의 호칭은 유지하는 게 좋다고 했고, 처음 섹스를 하고 나서는 「한스의 방」 문장들을 내 귀에 속삭였다. '침대를 위한 방이었다.' '영혼의 밑바닥까지 냄새를 맡을 줄 아는 사람이 있을까.' '한스는 마치 삶을 돌아보기 위해 태어난 사람 같았다.' 나는 뻐근한 허리를 구부려 종아리를 긁었다. 내가 쓴 문장에는 이제 차정 씨의 침이 잔뜩 발라져 있었다.

섹스도 문학적 행위의 일종이라는 듯 우리는 서로의 몸을 탐색하고 탐험하고 탐구하고 탐닉했는데 한 번 들른 모텔은 다시 가지 않는 규칙을 정하고, 섹스 후에는 함께 소리 내 책을 읽었다. 소설보다는 아무 페이지나 펼쳐 읽을 수 있는 사변적인 아포리즘이 좋았다. 이해할 수 없는 문장들이 우리를 더 가깝게 하고 피부를 부드럽게 만들었다. 우리는 에밀 시오랑의 『절망의 맨 끝에서(Pe culmile disperării)』와 윌리엄 S. 버로우즈의 『버로우즈 소설론(The Job)』 그리고 차정 씨의 대학원 선배가 번역해 제본한 비트겐슈타인의 『종이 쪽지(Zettel)』를 '섹스후책(ein Buch für nach dem Sex)'이라고 불렀다. 독일어를 읽는 차정 씨의 목소리가 모텔 천장을 울렸고, 욕실에서 물이 떨어지는 소리가 들렸고, 창밖에서 사람들의 비명과 테크노 음악과 자동차 경적 소리가 들려오기도 했다. 좋았다. 좀 더 좋은 모텔에 가기 위해 차정 씨는 입시 과외를 하고 나는 호프집 서빙을 하는 것만 같았다.

1학년을 간신히 마치고 나는 휴학을 한 뒤 단기 아르바이트를 전전했고, 안국동 정독도서관에서 책을 읽고, 브람스 다방에서 커피를 마시고, 가끔 차정 씨와 종로 코아아트홀에서 이상하고 아름답고 잠이 오는 영화들을 보았다. 여유가 될 때마다 기차와 버스를 타고 지방 도시를 찾아다녔다. 모텔을 나와 우리는 낯선 거리를 걸어 다니다 떡볶이를 먹고 서울로 돌아오기도 했다. 어느 날 광주에서 서울로 돌아오는 길에 차정 씨가 눈물을 흘렸고, 나 역시 이상하게 울고 싶은 날이 있었다. 이런 기분이 문학적 우울인지는 알 수 없었지만 어떤 이름도 붙일 수 없는 감정 상태인 것은 분명했다. 그럴 때마다 차정 씨는 뭔가를 써 내려갔고, 나는 뭔가를 쓴다는 행위를 더 불신하게 되었다. 「한스의 방」을 쓴 뒤로는 한스도, 포켓맨도, 교회 선생님도, 기린천도 전부 허구처럼만 느껴졌다. 아무것도 쓸 수 없는 게 사실이었다. 처음이자 마지막 소설이 될 것만 같은 예감이 들었다. 이상하게도 이런 마음을 차정 씨에게 말할 수는 없었다. 글을 쓸 수 없는 마음, 말하지 못한 마음에 잠을 뒤척일 때면 차정 씨가 추천한 벌거숭이라는 밴드의 「삶에 관하여」를 반복해서 들었다. 흔한 사랑과 상실에 대한 가사이지만 차정 씨는 이상하게도 그 노래가 광주의 오월을 연상하게 한다고 말했다.

"80년대 가요를 듣고 있으면 운동권 노래 같고 광주에 대한 메타포처럼 들릴 때가 많아. 왜 그런지 모르겠어. 특히 이 노래가 그래."

그러면서 '어려운 시기에 민중들이 만들고 듣던 노래들은 그 노래가 아무리 통속적이고 천박해도 당대 현실을 반영하게 된다.'라는 아르헨티나 시인 리카르도 메모리아의 글을 인용했다. 잘은 모르겠지만 벌거숭이의 노래가 설명할 수 없는 공허한 마음을 울리는 것은 사실이었고, 차정 씨의 목소리와 얼굴과 몸을 떠올리며 차정 씨가 추천한 책과 음악과 영화와 함께 시간을 탕진해도 좋았다.

모텔의 세제 냄새가 지겨워질 때쯤 차정 씨는 자신의 집으로 나를 부르기 시작했다. 가족이 집을 비운 평일 오전이나 오후에 나는 차정 씨의 집이 있는 부암동으로 찾아가곤 했다. 빈스카뮤토 수영복에 라코스테

카디건을 걸친 차정 씨가 문을 열어 주었다. 나의 표정을 본 차정 씨가 미소를 지었다. 어쩌라고. 그러니까. 그다음은 뭘까. 노르웨이 밴드 레오폴드레오폴도비치의 「Beach B」가 들려오고 있었다. 파도 소리와 기타 소리 그리고 28분 53초 동안 약 빤 음성으로 'Beach B'만 읊조리는 우리의 미친 무드음악이었다. 우리는 자연스럽게 여동생의 방으로 갔다. 물어보지도 않았는데 차정 씨가 여동생의 방을 구경시켜 준 뒤부터 우리는 수시로 여동생의 침대에서 섹스를 했다. 여동생의 침대는 자주색 시트로 덮여 있었는데, 침대를 처음 본 순간 한스의 자주색 침대가 떠올랐고 이상하게 가슴이 뛰었다. 자주색. 자주색이라니. 나는 왜 한스의 기억으로부터 달아나지 못하는 걸까. 한스야, 너는 어디 있니?! 어디로 갔니?!

차정 씨의 손은 얼음장처럼 차가울 때가 많았다. 그 손이 내 바지 속으로 들어왔다.

"기분이 어땠어?"

차정 씨의 제안으로 나는 팬티 없이 꽉 조이는 캘빈 클라인 블랙진을 입고 집에서 나온 것이다. 그 바지는 차정 씨가 사 준 것이었다.

"모래 속에 파묻힌 피쉬가 된 것 같았어."

"Fisch im Sand! 어디 봐요."

"차가워요."

차정 씨와 나는 존댓말과 반말을 섞어 가며 대화를 했고, 어투와 어조에 따라 우리 사이에 유아적이고 에로틱하고 파괴적인 기류가 흘렀다. 차정 씨는 여동생의 침대에서 할 때면 더 흥분된다고 했는데 나 역시 마찬가지였다. 차정 씨가 내 위로 올라와 목을 조를 때면 여동생의 방이 한스의 방으로 바뀌었고, 방이 물속에 잠기는 기분이 들었다. 침대 아래로 팔을 휘저으면 축축한 물속이 느껴졌다. 나는 허우적대며 더 크게 소리를 지르고 평소에는 하지 않는 욕설을 내뱉었다. 차정 씨 역시 독일어로 거친 말을 토해 냈는데, 그 말을 알아들을 수 없어 더욱더 자극적이었다. '그것은 정확히 설탕 같은 맛이 난다.' 나는 비트겐슈타인의 문장을 떠올렸다. 모든 문장이 원초적으로 발가벗겨지고 있었다. 개념, 의식, 감정, 감각 모두 설탕!이었다. 동생의 침대를 쓴 이후에는 섹스후책 의식을 생략할 수밖에 없었다. 서둘러 원상태로 복구를 해야 했다. 혹시 몰라 침대 위에 항상 수건을 깔았다. 차정 씨의 제안대로 수건은 내가 준비했는데 집에서 가져오거나 상점에 들러 사 오기도 했다. 수건을 고를 때마다 머리카락이 천천히 젖어 들어가고 입가에 미소가 만들어지곤 했다. 여동생의 침대와 방 안을 정리하는 것도 마치 행위의 연속 같아서 그 와중에 다시금 흥분되어 우리는 침대 아래 떨어져 동물 소리를 내며 뒹굴기도 했다. 부엉 부엉 부엉. 크앙 크앙 크앙.

속초 해변에 서 있는 여동생의 사진을 보여 주며 예쁘냐고 물어봤는데, 내가 잠시 머뭇거리자 예쁘구나, 라고 차정 씨가 대신 대답을 해 준 뒤, 그러고 싶을 때 내 동생 얼굴을 생각해도 좋아, 갠 열여섯 살 이후 버진이었던 적이 없어, 정말 모던한 여고생이었지,라는 이상한 말로 다시금 나를 자극하더니 여동생을 절대 보여 주지 않을 거라고 말했다. 여동생 방의 크림색 커튼이 흔들리며 물결을 일으켰다. 전혀 궁금하지 않았는데도 차정 씨는 나를 시험하고 있었다. 물론 나는 그 시험이 소설을 위한 장치 같은 것이라고 알고 있었다. 무언가를 의심하지 않고서는 우리는 견디지 못하고 있었다. 그렇다면 나는 차정 씨에 대해 무엇을 의심해야 했을까. 나는 더 이상 소설을 쓸 흥미도, 써야겠다는 당위도 찾지 못하고 있었다.

"동생 이름이 뭐야?"

침대에 걸터앉아 있는 차정 씨에게 물었다. 수영복을 입고 있어서인지 등에 돋아난 여드름이 더 도드라져 보였다.

"종희 씨, 그런 건 알려고 하지 마세요. 이름을 알게 되면 다 끝나는 거야."

내가 적당한 말을 찾지 못하고 있자 차정 씨가 바로 표정을 바꿔 말을 이었다.

"걔와 나는 브론테 자매와 생일이 똑같아. 난 4월 21일이고, 걘 7월 30일이야. 기막힌 일이지."

뭐가 기막히다는 걸까. 차정 씨는 그동안 정리한 창작 노트를 슬쩍 보여 주곤 했는데 꾸준히 문장 연습을 하고, 소설 속에 나오는 인물들을 분석해 근거 없는 심리학적 유형으로 정리해 놓고 있었다. 또한 주변 사람들의 옷차림새와 말투, 걸음걸이, 표정 등을 무슨 공부하듯이 꼼꼼하게 적어 놓았다. 차정 씨는 수영복을 입은 자신의 모습을 본 나의 표정을 묘사할 것이고, 모래 속에 파묻힌 피쉬,라는 문장을 언젠가 쓰고 말 것이다.

"자세히 보면 사람들은 다 이상해. 종희 씨는 내가

만난 사람 중 가장 부사가 없는 사람이야. 너무, 꽤, 엄청, 과연, 가장, 정말로가 어울리지 않는 사람이야. 그러니까 좋은 글을 쓸 수 있을 거야. 하지만 또 이런 생각이 들어. 왜 부사를 쓰면 안 되는 걸까. 작법 책을 펼치면 하나같이 부사와 형용사를 조심하라고 하지. 세상은 부사와 형용사로 가득한데 말이야. 언젠가 나는 모든 문장에 부사가 들어간 글을 쓸 거야. 그야말로 부사를 위한 소설을 쓰는 거야. 부사가 없는 종희 씨를 보면 다시 부사가 떠올라."

말도 안 되는 궤변이자 괴변이다. 부사(副詞)야말로 뜰 부(浮) 자에, 생각 사(思) 자를 쓰고 있는 것이 아닌가. 정제되지 않는 생각들이 우리의 머릿속을 떠돌다 입 밖으로 튀어나오는 것이다. 그러나 궤변과 괴변이 우리를 더 가깝게 하는 게 사실이었고, 이름 붙일 수 없는 감정과 욕망을 잠시나마 해소할 수 있는 언어 장치 같은 역할을 했다. 내 생각을 읽었는지 차정 씨가 내 어깨에 팔을 걸고 흔들었다. 나는 차정 씨에게 머리를 기댔다. 차정 씨가 숱 많은 내 머리를 흩어 놓으며 몸을 흔들었다. 우리는 왼쪽으로 흔들렸다. 우리는 오른쪽으로 흔들렸다. 언어는 한 번도 흔들리지 않은 적이 없다. 흔들림, 흔들림뿐이었다. 흔들림에 나의 모든 것을 맡겨도 좋을까. 눈앞에 강물이 흘러가면 좋겠다. 차정 씨는 수영을 하고 나는 돌을 던질 것이다. 강물에 노을이 번져 가는 것처럼 외로울 수 있을까.

"소설이 뭐라고."

"소설이 뭐긴 뭐야."

"아무것도 아닌 게 아니야."

"아무것도 아닌 게 아니니까 소설을 써야지."

"소설은 풋사과 같은 거야."

"풋사과가 뭐라고."

"차정 씨, 다음에 내가 사과 뼈까지 먹는 걸 보여 줄 게요."

"종희 씨, 사람은 자기가 할 수 있는 건 해야 돼. 소설을 써요. 안 그러면 다른 사람한테 가 버릴지도 몰라."

소설에 미친 사람이다. 미친 짓이다. 소설을 쓰기 위해서는 물불을 가리지 않을 것이다. 아니다. 소설보다 먼저 작가를 꿈꾸는 것이 아닐까. 그 둘의 차이를 명확하게 설명할 수 있을까. 작가가 되기 위해서는 물속에 뛰어들고 물속에서 불을 마시려 들지도 모른다.

어떤 인간이 독어와 불어와 스페인어를 섞어 가며 작가가 되려면 내 손을 잡고 먼 길을 떠나 더 많은 것을 보고 더 많은 사람을 만나고 더 많은 음식을 먹고 더 많은 잠을 자야 해,라고 말하면 뒤도 안 돌아보고 따라가고 말 것이다. 나 역시 맹목적인 의심의 구렁텅이에서 헤어 나오지 못하고 있었다. 우리는 단지 우리의 미래가 언어로 얼룩져 가는 것에 황홀해하면서도 두려워하고 있던 것은 아닐까.

봄이 지나고 여름이 왔다. 연애도 공부도 충실했던 차정 씨는 조기 졸업을 했고 독일로 유학을 갈 준비를 하고 있었다.

"종희 씨는 군대에 가고 나는 독일로 가고, 나쁘지 않은 플랜이야."

"니히트 슐레히트(Nicht Schlecht, 나쁘지 않아)."

"게나우(Genau, 그렇지)! 독일어 공부 좀 해 둬. 뮌헨역에서 종희 씨를 만나는 것도 멋질 것 같아. 독일 남자친구와 함께일지도 모르겠지만."

"나도 남자친구와 함께 갈 수도 있어."

"내가 처음이자 마지막 여자란 말이 그런 거였구나. 종희 씨 당신은 말이야. 어떤 때 보면 꼭 그런 거 같았어. 뒤라스는 말했지. 모든 남자들은 잠재적으로 동성애자라고. 종희 씨는 잠재적인 층이 더 얇은 것 같아. 누군가 그 층을 뚫고 들어올 거야. 내가 그 층에 구멍을 뚫었으니 이제 누구든 들어오기가 더 쉬워졌을 거고. 상관없어. 당신이 남자를 좋아해도 좋고 여자와 남자를 동시에 좋아해도 좋아. 다 좋아. 앞으로의 일을 어떻게 알겠어. 하지만 그럴 일이 생기면 꼭 얘기해 줘요."

차정 씨가 웃는다. 나도 웃는다. 우리는 그날 남대문시장에서 팥죽을 먹은 뒤 남산을 지나 이태원까지 걸어가 Ring-bar에서 테킬라를 마셨다. 무섭고 아름답고 웃기는 사람들이 군데군데 앉아 있었다. 아무도 우리에게 눈길을 주지 않았다. 차정 씨가 빠말 빠말이라고 말하며 술잔을 빙빙 돌렸다. 빠말(pas mal)은 불어로 나쁘지 않아,라는 의미였다. 나 역시 빠말이었다. 우리는 어깨동무하고 해밀턴 호텔로 들어가 서로의 음모를 밀어 주곤 까슬까슬한 피부를 비비며 잠들었다.

며칠간 이어졌던 비가 그친 다음 날, 화창한 늦여름의 정오. 차정 씨는 약속 장소에 차를 가지고 나왔다. 차정 씨의 아버지가 빌려준 검은색 프린스였다. 우리는 며칠 전 헌책방에서 산 중앙일보사에서 출판된 『오늘의 세계문학 12』에 실린 쥘리앵 그린의 「미친 사랑의 노래(Adrienne Mesurat)」와 마르그리트 뒤라스의 「여름날의 저녁 열시 반(Dix heures et demie du soir en été)」을 언급하며 서울을 빠져나갔다.

"두 발로 국경을 넘어가고 싶을 때가 있어. 미국의 애리조나에서 멕시코 노갈레스로 넘어가고, 페루의 마추픽추에서 묻힌 흙먼지를 볼리비아 티티카카 호수에서 떨어 버리고, 국경 도시 바를러에서 왼쪽 발은 네덜란드에 오른쪽 발은 벨기에에 놓고, 폴란드 풀밭에서 굴러 우크라이나 초원으로 넘어가고, 썰매를 타고 노르웨이에서 스웨덴으로 넘어가고, 태국에서 라오스로 옷을 벗어 던지는 사람들이 부러워. 차로 계속 달리면 우리는 바다에 빠지거나 총살을 당하겠지. 나는 왜 이차정이고 당신은 왜 목종희일까. 우리의 피부는 왜 누렇고 우리는 왜 한국말을 하는 걸까."

「여름날의 저녁 열시 반」의 인물들은 살인적인 무더위 속에서 국경을 넘어 스페인 마드리드로 향하고, 차정 씨는 어딘가를 향해 운전하고 있다. 어째서일까. 어디로 가는 거야,라고 나는 묻지 않았고 차정 씨는 왜

어디로 가는지 안 물어봐,라고 말하지 않았다. 도로 위
표지판에 파주라는 글자가 보였다. 맞은편에서 군용
앰뷸런스가 다가오고 있었다. 미간에 힘을 주고 정면
을 바라보는 차정 씨의 얼굴과 핸들을 잡고 있는 손이
나의 눈에 들어왔다. 차정 씨는 운전도 잘하는구나. 평
일 낮이라 그런지 도로는 한산했다. 열어 놓은 창문 안
으로 습기를 머금은 바람이 들어왔다. 멀리서 때늦은
매미 소리가 들려왔다.

우리가 도착한 곳은 임진각이었다. 어리둥절해 있
는 나를 차정 씨가 팔짱을 끼고 이끌었다. 전망대에 올
라 북쪽을 바라보았다. 얽혀 있는 산맥들의 경계가 모
호하게 보였다. 지금의 풍경과 우리의 모습이 낯설고
기이하기만 했다. 몇몇 노인들이 신기한 듯 우리를 쳐
다보고 지나갔다. 내 모습을 보고 혀를 차는 노인도 있
었다. 긴 머리 때문인지, 슬리퍼에 반바지 때문인지 알
수 없었다. 차정 씨는 손가락 안경을 만들어 눈에 대
고 주변을 살펴보았다. 고개를 돌리며 원 안에 나를 담
으려 하는 것처럼 보였다. 차정 씨의 손가락 안경 속에
나의 손가락을 찔러 넣었다. 차정 씨가 저음의 비명을
지르며 손을 오므렸다.

"전쟁을 겪지 않아도 전쟁소설을 쓸 수 있는 거지. 다른 나라 작가들은 잘도 쓰잖아. 왜 우리는 그게 안 되는 걸까. 경험하지 않은 것은 쓰지도 말라고, 누가 가르친 것도 아닌데. 현실의 목소리는 너무 지지부진해. 소설의 리얼리즘은 체험 수기가 아니잖아. 민족주의! 가족주의! 빈궁주의! 감상주의! 도덕적 어눌함! 머리 없는 산책자! 이데올로기로 사지가 찢어진 사람도 있겠지. 억울하게 목소리를 잃은 사람도 있겠지. 전쟁 중에도 사랑하고 엉뚱한 모험을 하고 무언가에 홀려 살인을 했겠지. 동성애와 동반 자살도 있었을 거야. 모던하고 섹시한 전쟁소설을 써야겠어. 텅 빈 사상의 깊이와 무채색의 사나운 문체로. 제주도부터 시작해야 해. 거기서부터 모든 게 잘못되었으니까. 제주 4·3을 배경으로 어떤 여자의 손부터. 서사의 전방에서 언어 폭탄을 터트리는 나, 여성 화자로 말이야. 근데 왜 소설을 쓸 때보다 소설을 떠올릴 때 더 흥분되고 뭔가 열리는 기분이 드는 걸까. 막상 쓰기 시작하면 흥분은 가라앉고 기분의 문은 소리를 지르며 닫히고 마는데."

완전히 닫혀 버리고 만 거야,라고 나는 생각했다. 차정 씨가 소설의 영역을 넓히는 동안 나는 여전히

「한스의 방」에 머물러 있었다. 미성숙하고 지지부진한 기억의 파편들, 내 유년의 토사물 같은 글을 쓰면서 나는 현실을 허구로 농락한, 아니 허구를 현실로 농락한 대가로 아무것도 쓸 수 없고 무엇도 쓰기 싫어진 것이다. 아무것도 아닙니다. 아무것도 좋습니다.

"종희 씨가 나의 첫 번째 독자가 되어야 해. 어디에 있든, 누구와 있든. 한국에서 시작해 독일에서 끝낼 수 있을 거야. 자, 이제 종희 씨가 가고 싶은 곳을 얘기해 봐."

그래, 나는 영원히 소설가 이차정의 첫 번째 독자로 살아도 좋았다. 우리는 문산 시장에서 산 건포도 빵을 뜯어 먹으며 양주 쪽으로 진입했다. 조수석에 앉은 내가 지도책을 보면서 설명했지만 맞게 가고 있는지 확신할 수 없었다. 양주에서 포천으로 가는 방향에서 좌회전할 때 하마터면 다른 차와 충돌할 뻔했다. 차정 씨가 욕을 하며 거칠게 핸들을 돌렸다. 멀리 새 한 마리가 허공에 점을 톡톡 찍으며 날아갔다.

부영리에 도착했을 때는 해가 저물어 가고 있었다. 국도를 빠져나와 시멘트로 포장된 도로 한편에 차를 대고 기린천으로 짐작되는 곳으로 걸어 내려갔다. 하지만 여기가 기린천이 맞는지 알 수 없었다. 행정 지명이 아닌 사람들의 입에서 입으로 불리던 기린천이란 이름을 확인해 줄 것은 나의 기억밖에 없었다. 기린천이란 이름은 이미 오래전에 사라졌는지 모른다. 그야말로 물의 흔적만 남은 작은 웅덩이가 곳곳에 있을 뿐이었다. 물의 깊이는 아무도 알 수 없어요,라고 포켓맨은 말했었다. 며칠간 내린 비로 땅은 여전히 축축하게 젖어 있었다. 슬리퍼를 신은 발에 흙탕물이 튀었고, 차정 씨의 흰 운동화에도 진흙이 묻어났다. 거친 잡풀들 사이로 새끼 기린의 귀여운 똥 같은 돌들이 굴러다니고 있었다. 나는 돌 하나를 주워 던졌다. 퐁 소리를 내며 돌이 허공으로 사라지지 않았다. 나는 두 번째 돌 하나를 주워 던지지 않았다. 물 웅덩이를 바라보며, 기린천의 흔적을 더듬으며 나는 입을 열었다.

"당신은 무슨 일로 그리합니까."

차정 씨가 나의 노래를 받아 따라 불렀다.

"홀로이 개여울에 주저앉아서 파릇한 풀 포기가 돋아나오고 잔물이 봄바람에 헤적일 때에."

함께 노래를 부르며 우리는 앞으로 뒤로 천천히 걸어가 거리를 좁혔다 넓혔다 했다.

"가도 아주 가지는 않노라시던 그런 약속이 있었겠지요 날마다 개여울에 나와 앉아서 하염없이 무엇을 생각합니다 가도 아주 가지는 않노라심은 굳이 잊지 말라는 부탁인지요."

노래가 끝날 무렵 차정 씨가 가깝지도 멀지도 않은 거리에 서서 양팔을 펴고 몸을 흔들고 있었다. 가도 아주 가지는 않노라심의 거리는 얼마큼일까.

"종희 씨도 이 노래 아는구나. 개여울, 우리 엄마가 좋아하는 노래인데. 왜 이 노래는 질리지 않을까. 김소월은 어떻게 울었을까."

"소월 소월 하고 울지요."

"날마다."

"하염없이"

"종희 씨, 여기가 맞아?"

"그런 거 같아."

"한스가 물에 빠지고, 포켓맨 존B와 앉아 있던 배경이 여기라고? 시시한데. 뭔가 더 그로테스크할 줄 알았는데."

그렇다. 「한스의 방」은 현실과 허구가 뒤섞여 있었다. 아니, 애초에 현실은 없었다. 현실이 허구를 압도

하고 있었다. 그 현실을 허구화시키면 개연성의 고리는 깨져 버리고 만다는 것을 글을 쓰면서 알게 되었다. 포켓맨과 나눈 바보 같은 대화들을 누가 믿어 줄 수 있을까. 무엇보다 실제의 나, 조니는 소설 바깥으로 나가야 했다. 내가 실제로 경험한 그날의 사건은 한스의 일로, 포켓맨은 탈영병이 아닌 학생 운동을 하다 간첩 혐의로 잡혀가 고문을 받은 뒤 정신이 이탈된 사람으로, 정미조의 「개여울」 대신 비치 보이스의 「Sloop John B」의 'I want to go home, let me go home'을 반복해서 흥얼거리며 자신을 존B라고 불러 달라고 포켓맨은 한스의 목을 조르며 말하고, 한스가 포켓맨에게서 도망치다 자동차에 부딪혀 다친 다리는 왼쪽에서 오른쪽으로 바꾸었다. 소설 속에 조니라는 아이는 존재하지 않는다. 오로지 한스,라는 인물만 등장한다. 나는 한스의 망상과 우울과 어둠을 3인칭 시점으로 이야기했다. '한스는 마치 삶을 돌아보기 위해 태어난 사람 같았다.' 어쩌면 나는 개연성을 핑계로 달콤한 언어의 유혹에 빠져 작위의 덫에 스스로 걸리고 만 것일지도 모른다. 범죄를 저지른 자는 언젠가 다시 범죄의 현장을 찾아오게 된다고 했던가. 지금, 여기에서 모든 것이 시작

된 것일까. 이곳을 떠나고 몇 번이고 찾아오려다 그만
둔 이유를 이제야 알 것 같았다. 차정 씨의 말과 달리
지금의 여기는 소름 끼치도록 그로테스크한 공간이
되어 있었다. 나에게 죄가 있다면, 달콤한 허구의 혀에
나의 언어를 판 것이 죄라면, 그 죄를 증명해 줄 잔해
들이 여전히 널려 있는 것만 같았다. 드넓었던 논밭과
벌판에는 아파트가 드문드문 들어서 있었다. 건너편
언덕 교회가 있었을 만한 자리를 더듬었다. 역시 아파
트 공사가 한창이었다. 거대한 철골 구조물 사이로 솟
아 있는 크레인이 천천히 움직이고 있었다. 공사장 어
디선가 총소리 비슷한 소음이 들려왔다. '항상 몸조심
해요. 언제 어디서 총알이 날아올지 모르니까.' 포켓맨
은 말했었다. 그만 잠에서 깨어나라는 듯 차정 씨가 뒤
에서 나를 밀었다. 웅덩이 속에 발이 빠지고 종아리에
진흙이 튀었다.

"좋은 생각이 났어! Gute Idee!"

차정 씨가 나의 어깨에 손을 올리며 말했다. 우리
는 신발의 흙을 털곤 차에 올랐다. 내가 손가락으로 가
리킨 곳으로 차정 씨가 핸들을 돌렸다. 언덕 교회가 있
던 자리로 짐작되는 아파트 공사장을 지나 인적이 없

는 공터에 차를 세웠다. 폐차 직전의 빨간색 르망 승용차와 비키니 옷장, 뒤집힌 우산과 쓰레기들이 보였다. 공사장의 기계 소음과 가끔 자동차들이 지나가는 소리가 들려왔다. 아무도 우리를 찾지 않을 거야. 아무도 우리를 찾지 않았으면 좋겠다. 어떤 공포와 범죄, 그리고 축축한 관능의 냄새를 맡으며 우리는 공사장 앞에 멈춰 있었다. '그 여자는 완전히 넋을 잃고 공사장을 바라보고 있지 않았던가!' 이번엔 마르그리트 뒤라스의 소설 「공사장(Les Chantier)」을 언급하며 차정 씨가 내 손을 잡았다. 그 손이 몹시도 차가웠다. 나는 차정 씨의 손을 가져가 입술로 깨물었다. 주변은 점점 어두워져 갔다. 라이트를 껐다. 창문을 올렸다. 라디오를 켰다. 주파수가 잘 잡히지 않아 기이한 소음이 들렸다. 목소리와 톱밥과 금속 조각을 머릿속에 넣어 끓이면 그런 소리가 날까. 차정 씨가 볼륨을 더 높였다. 나는 반바지 단추를 풀었고, 차정 씨는 리넨 치마를 걷어 올렸다.

"너는 세상이 어떤 색깔로 물들기를 원해?"

입에서 건포도 맛이 났다. 차정 씨가 처음으로 나를 너,라고 불렀다. 너,라는 말이 이상하게도 나를 어딘가로 밀어내는 것처럼 느껴졌다. 오늘이 우리의 마지막 날일지도 모르겠다는 예감이 들었다. 20세기의 마지막, 여름날 저녁이었다. 강물에 노을이 번져 가는 색깔,이라고 나는 말할 것이다. 나는 차정 씨를 더 세게 끌어안았다. 차정 씨가 나를 더 세게 끌어안았다. 불편하고 기이한 자세로 우리는 서로를 끌어당기고 있었다. 라디오의 잡음과 우리의 숨소리가 차 안 공기를 뜨겁게 했다. 차정 씨의 머리카락이 내 목에 달라붙었다.

차창 밖 어둠 속에서 두 개의 작은 불빛이 번뜩였다. 불빛이 점점 가까워지더니 하얗고 둥그런 형체가 드러났다. 허정허정. 다가오고 있었다. 옆구리의 뼈가 드러날 정도로 앙상하게 마른 몸이었다. 나는 차정 씨의 허벅지를 움켜잡았다. 땀으로 손이 미끄러졌다. 붉은 눈빛이 빛났다. 그 눈빛은 아무것도 위협하려 들지 않았다. 너구나. 너였구나. 개 한 마리가 나를, 우리를 쳐다보고 있었다. 하얀 개였다. 하얀 개가 나와 눈을 맞추고 있었다. 크앙 크앙 크앙. 떠돌이 개는 짖지 않는다. 머릿속에 머리가 있고 그 머릿속에 또 하나의 머리가 있는 세 개의 머리를 가진 개. 차정 씨도 내가 보는 것을 볼 수 있을까.

"저것 봐."

차정 씨가 고개를 돌려 창밖을 보았다.

"예쁘다. 계속해요."

나는 계속했다. 멈추지 않고 계속. 언제까지나 그럴
수 있었다.

2부 _____ 차정과 차미 그리고 솔랑쥐

열여섯 살 이후 나는 버진이었던 적이 없다. 이게 맞는 말일까. 정확한 문장인지도 모르겠다. 정말 그런가. 누군가의 기억 속에서 나는 그런 사람일 것이다. 그 누군가를 찾아 나는 뉴욕을 거쳐 메릴랜드주 볼티모어에 왔다. 그 사람은 왜 독일 괴팅겐에서 뉴욕으로 간 것일까. 유럽은 끝난 것 같아. 국제전화로 들려오던 목소리가 어렴풋하게 기억난다. 그 누군가는 죽었고 더 이상 내가 여기에 있을 이유는 없다. 그러나 나는 이곳에서 칠 년째 살고 있다. 솔랑쥐 때문일까. 모르겠다. 여기선 누구도 내가 버진이었던 시절을 기억하지 못한다.

"언제까지 버진이었어?"

대답을 준비하고 있지만 아무도 묻지 않는다. 그 물음은 이곳에서 금기 같은 것이다. 미친 사람 취급을 받거나 총이 있다면 쏠지도 모른다. 한 번만 더 그딴 걸

물어보면 네 똥구멍에 총알을 박을 거야! Ask again and I'll shoot your ass! 아무리 흉내 내도 영어로는 누군가에게 겁을 주기가 힘들다. 다 필요 없고 이 말이면 모든 게 통하는 것 같다.

"You! Fucking Shit! You!"

여기서 손가락으로 You를 가리키는 게 중요하다. You에게 잡혀 손가락이 부러지거나 잘려도 할 수 없다. 그 누군가는 You가 될 수 있을까. You는 없다. You are not here. You are not there. You are nowhere. 발음할 수 없다. 발음할 수 없는 억양 속에서, 억양의 영향 아래서 점점 몸에 주름이 지고 기름이 쌓인다. 입술이 가지처럼 두꺼워지고, 엉덩이가 호박이 되어 간다. 상관없다. 아무려나. You가 지금의 나를 보면 뭐라고 말할까. 넌 완전히 토마토버터가 됐구나. 씨발, 꺼져. 나는 말할 것이다.

내가 이곳에 도착하기 전 이미 누군가는 죽어 있었고, 2002년 3월 23일 자《The Baltimore Noon》에 기사가 실렸다. 이십 대로 추정되는 신원 미상의 동양인 여자가 독스타맨(DogStarMan) 폐차장에서 시체로 발견됐다. 얼굴이 알아보기 힘들 정도로 뭉개져 있고, 날카로운 흉기에 의해 왼쪽 가슴이 절반쯤 도려졌다. 허벅지에 환각제를 상징하는 에보카 잎 타투가 있고, 중국 마사지 업소에서 일하는 여자일 가능성이 크다고 쓰여 있었다. 기사를 쓴 사람의 이름은 모니카 쿠퍼였다. 어떻게 기사를 그렇게 쓸 수 있을까. 기자의 면상을 후려치고 싶었다. 같은 여자끼리라는 말은 통하지 않았다. 죽은 사람이 미국 국적을 가졌어도 그런 기사를 쓸 수 있었을까. 현실이 소설을 압도할 때가 많다는 것을 나는 새삼 알게 되었다. 한 사람의 삶에는 얼마나 많은 개연성과 우연성이 개입될 수 있을까. 그 사람은 영원히 소설이 된 것일까. 소설이 한 사람의 일생을 그린 것이라면 이런 결말은 지나치게 비현실적이고 자극적이고 부도덕하다. 소설의 마지막 페이지가 너무 잘못된 것이 아닌가. 내가 미국에 도착하고 누군가의 죽음을 확인하기까지 정확히 13개월 29일이란 시간이 걸렸다. 그 사람이 있을 거라 믿은 뉴욕에서 시간을 다 허비한 것이다. 문제는 이름이었다. 이름 때문에 더 오래 걸렸다. Todd. D란 명찰을 달고 있는 경찰이 내민 사건 파일에는 이름이 잘못 표기되어 있었다.

Bu Sa-yeong.

이차정이라는 이름이 어떻게 부사영이 됐는지 모르겠다. 한국을 떠나 이차정을 버리고 미국에서 부사영이라고 자신을 소개하고 다녔나. 아빠의 성을 버리고 엄마의 성으로, 이름의 자음만 교묘하게 바꿔 다른 인생을 살고 있었나. 부사영. 이상한 이름이다. 어쩌면 부사영은 이차정과 다른 사람이었는지 모르겠다. 모르겠다,라고 되뇔수록 불길한 확신이 들었고 이차정은 부사영이 되어 죽었다. 아니 죽어서 부사영이 되었다. 이차정은 이차정이지 부사영 같지 않다. 이차정의 얼굴, 목소리, 걸음걸이는 부사영이라는 이름과 전혀 어울리지 않는다.

나의 언니 이차정. 언니에 대해 이야기해야겠다. 언니에 대해 이야기할 수 있을까. 언니에 대해 이야기한다는 것은 무슨 의미가 있을까. 언니에 대해 이야기하는 동안 언니는 사라질지도 모른다. 누군가를 떠올린다는 것은 그 누군가와 연결된 자신을 찾는 것에 지나지 않는다고 언니는 말했었던가. 말하지 않았다면 썼을 것이다. 나는 아직 언니의 글을 제대로 읽은 적은 없지만, 읽을 가능성도 없지만, 언니는 그렇게 썼을 것이다. 차라리 너 자신에 대해서만 떠올려. 너 자신에 대해서만 말해. 언니는 썼을 것이다.

어릴 적 언니는 이차정이란 이름을 싫어했다. 돌아가신 친할아버지가 한학자인 친구에게 술을 사 주고 받아 왔다던 언니의 이름을 따라 두 살 아래의 나도 이차미가 되었다. 이차정이나 이차미나 별로 다른 것은 없어 보였다. 자랑할 "차(姹)"라는 의미도 모르겠고, 이름과 달리 언니는 마음(情) 씀씀이가 별로였고, 나는 아름답지(美) 않았다. 중학생 때부터 언니는 이름을 바꾸겠다고 투정을 부렸다. 마음이 약해 결별을 선언하고도 이혼을 하지 못하고 있는 엄마 아빠한테 조르곤 했는데 어떤 이름으로 바꿀지는 알 수 없었다. 외국어 고등학교를 자퇴하고 검정고시를 준비할 무렵부터 언니는 자신의 이름이 작가의 이름으로 괜찮다고 생각했는지 그런 말은 더 하지 않았다.

언니는 글을 쓰고 싶어 했다. 아니 작가가 되고 싶어 했다. 글을 쓰는 사람이 작가가 맞겠지만, 왠지 언니에게는 글을 쓰는 것보다 작가가 우위에 있는 것 같았다. 여전히 나는 그 차이를 명확하게 설명할 수 없다. 넌 작가가 되고 싶은 거야, 글을 쓰고 싶은 거야? 언니가 살아 있다면 내가 그런 질문을 했을까. 언니는 글을 쓰는 작가가 되었을까. 언니의 숨겨진 작품이 발견되어 비운의 요절 작가라는 소리를 듣게 될까. 나는 언니의 이름 풀이를 들먹이며 언니의 삶을 신화화시키고 다녔을까. 너는 너도 모르는 말을 하는 버릇 좀 고쳐. 인상을 찌푸리며 언니는 말했을 것이다. 그리고 살아 있어도 언니는 끝내 작가가 되지 못했을 것이다. 언니의 방은 옷과 책으로 가득했는데, 바닥과 침대에도 무슨 장식처럼 책이 널려 있었다. 모든 책의 첫 장에는 일부러 흘려 쓴 이차정이란 이름의 사인을 해 놓았다. 일종의 책을 통한 허영과 과시욕이라고 나는 생각했다. 책으로 나의 머리를 때린 적은 없지만, 책이라고는 아무 생각 없이 다니고 있던 문화관광학과의 교재들과 토익책들 그리고 당시 유행하던 로맨스 소설 몇 권뿐이었다. 나의 책상을 바라보며 언니는 한심하다는 듯 고개를 흔들었다. 한심한 건 너야. 나는 말하지 않았다.

현실보다 소설 속에서 살아가는 것처럼 언니는 행동하곤 했다. 자신의 물건에는 손도 못 대게 하면서 나의 물건들을 몰래 사용하는 것도 그런 연유였는지 모르겠다. 내가 아끼는 파란 구두를 훔쳐 신고 나간 것을 알고 술에 취해 밤늦게 들어온 언니에게 화를 낸 적이 있다. 언니는 미소를 지으며 자신이 쓰고 있는 소설 속 인물이 룸메이트의 구두를 몰래 신고 나가 구두가 예쁘다는 말을 여러 번 들으며 우쭐해하다가 갑자기 내린 비를 맞으며 정처 없이 걷다가 결국 진흙탕에 빠져 다리를 삐고 집 앞에서 룸메이트를 마주치게 되는 설정의 이야기를 쓰고 있다고 횡설수설했다. 자신은 일부러 내 구두를 신었고 나에게 걸리기를 기다리고 있다고 덧붙였다.

"그 여자가 왜 그랬는지 알고 싶었어. 우리가 구두에 집착하는 거 같지만 정말 그렇지 않니? 넌 안 그래?"

"뭐라는 거야. 넌 좀 미친 것 같아."

"작가가 되면 이 언니가 더 멋진 구두 사 줄게. 헤헤."

"술 냄새 나. 꺼져."

"이년이."

"꺼지라고."

그 정도는 양호한 편이었다. 언니는 정말 미친 게 틀림없다. 언니는 집에 아무도 없을 때 그 당시 사귀고 있던 남자를 데려오곤 했는데 어느 날부터 내 방에서 둘이 무언가 일을 치른다는 느낌을 받았다. 이런 예감은 어디서부터 기인한 것인지 알 수 없지만, 오래전부터 언니가 나의 삶을 알게 모르게 엿보고 있다는 생각에 사로잡혔고, 그런 언니의 시선이 몸에 밴 탓인지도 모른다. 언니는 아니라고 부정하겠지만 언니의 유일한 자랑은 나였다. 그 자랑은 위선과 질투로 물들어 있다는 것을 나중에 알게 되었다.

방을 비울 때 침대와 책상에 일부러 물건들을 아슬아슬하게 놓아두곤 했는데 예상대로 위치와 모양이 달라져 있곤 했다. 어떤 호기심이 나를 그렇게 만들었는지 모르겠지만 선배의 강제적 권유로 고등학교 방송반 기술부 활동을 하던 시절을 떠올리며 나는 용산 전자상가에서 휴대용 일제 도시바 녹음기를 샀다. 예쁘니까 깎아 줄게,라며 웃음을 흘리는 주인에게 제값을 주고 나왔다. 그날 집으로 돌아오는 지하철 안에서 성추행을 당했다. 다음 날이 공휴일이고 저녁 퇴근 시간이어서 그런지 지하철에 사람들이 가득했고 화장품과 음식 냄새, 땀 냄새가 진동했다. 어느 순간부터 무언가 딱딱한 것이 내 왼쪽 엉덩이에 닿는 느낌이 들었다. 아주 천천히 엉덩이에 대고 비벼 대고 있었다. 내가 몸을 비틀자 동작이 멈췄지만 잠시 후 다시 시작됐다. 말로만 들었지 처음 겪는 일이었다. 뒤를 돌아보고 소리를 지르려고 했지만 생각처럼 되지 않았다. 주먹을 쥔 손에 땀이 찼다. 창에 비친 사람들의 얼굴은 경계가 없이 겹쳐진 상태로 흔들리고 있었다. 다음 정차할 역까지는 얼마나 남았을까. 한 정거장을 갈 동안 사람들은 무엇을 할 수 있을까. 지하철이 멈추고 사람들이 조금씩 빠져나가자 뒤를 돌아볼 수 있었다. 이미 몸을 떼고 거리를 두고 있던 남자가 서둘러 등을 보이며 문밖으로 달아났다. 초록색 폴로 셔츠를 입고 있었고 이제 막 미용실에서 나온 듯 뒷머리가 깔끔해 보였다. 남자는 지하철이 다시 움직일 때까지 옆모습도 보이지 않게 몸을 틀어 계속 걸음을 빨리해 걸어갔다. 말랐고 목이 길었다.

"차미는 목이 긴 사람을 좋아하는구나."

어릴 적 미술학원에서 그림을 그릴 때 선생님이 말했었다. 내가 고개를 끄덕였던가. 집으로 돌아와 바지와 팬티를 벗어 봉지에 담아 버렸다. 뒤에서 나를 끌어안고 내 귀에 뜨거운 입김을 불어 넣으며 뾰족한 부위를 내 속에 넣고 움직이던 남자들의 얼굴이 녹아내리고 있었다. 그날 이후 남자들의 매끄러운 목을 볼 때마다 얇고 날카로운 칼로 밑줄을 긋는 상상을 했다.

녹음기를 켜 침대 밑에 숨겨 놓은 채 학교에 가거나 외출을 하기 시작했다. 돌아와 녹음기를 재생하면 기계 잡음만 들릴 뿐 목소리는 들리지 않았다. 혹시나 갑자기 이상한 소리가 튀어나올까 봐 소리를 줄이고 침대에 누워 확인했다. 어떤 실망감이 나를 더 녹음에 집착하게 했는지 모르겠다. 어디에 놓으면 더 녹음이 잘되는지 위치를 따져 보기도 하고 내 목소리를 녹음해 듣기도 했다. 나의 목소리는 먹기 싫은 무언가를 입에 물고 있는 듯 듣기 거북했지만 녹음의 성능은 나무랄 데 없었다. 내 전화 목소리가 좋다고 말한 남자들은 모두 형편없었다.

녹음기를 들고 침대 아래로 들어가 누워 있었다. 왜 내가 이런 미친 짓을 하고 있어야 하지, 생각하면서도 몸을 움직여 먼지와 뒹굴기도 하고 침대에 깔아 둔 자주색 시트가 흔들리는 것을 바라보며 관 속에 갇혀 납작해진다는 것, 인간이 죽는다는 것은 이런 것일지도 모르겠다는 나답지 않은 감상에 빠졌다. 누워 있다는 것. 누워서 바라보는 모든 것이 바로 눈앞에 있고 그것은 평평하고 딱딱한 어둠의 속이라는 것. 손가락과 발가락 사이가 벌어질 수 있다는 게 새삼 신비스럽게 느껴지기만 한다는 것. 지금의 시간을 믿을 수 없어 계속 손목시계를 만지작거리지만 여전히 시간에 대한 불신만 커진다는 것. 시간과 시각과 시계의 차이가 무엇인지 궁금해진다는 것. 세계의 시간과 나의 시간은 어긋나게 되어 있다는 것. 결국 인간이란 시간 바깥에서 고장 난 시계를 보며 시각을 착각하고 있다고 횡설수설한 '교양 철학의 이해' 수업을 이제야 조금 이해할 수 있다는 것. 결국 나란 인간은 하나의 먼지 입자에 불과하다는 것. 자랑할 만한 아름다움도 없이 이렇게 침대 밑에 누워 시간이 가기를 기다리는 게 삶의 전부인지 모른다는 것. 어떤 생각이 끝도 없이 이어지고, 어느 순간 이런 게 죽은 거구나 하고 깨닫게 되는 것. 나란 사람, 죽었구나.

언니도 가끔 침대 아래로 들어가 누워 있을까. 엄마도 가끔 침대 아래로 들어가 누워 있을까. 아빠도 가끔 다른 여자의 침대 아래로 들어가 누워 있을까. 내가 지나친 남자들도 가끔 침대 아래로 들어가 누워 있을까. 왜 그들은 한 번도 나와 침대 아래로 들어가 누워 있지 않았을까.

"우리 침대 아래로 들어갈까?"

"거긴 왜?"

"몰라. 막 들어가고 싶네."

"좋을까?"

"좋지 않을까? 침대 밑에 함께 들어간다는 건."

"좋을까?"

"그러고 싶어. 넌 안 그래?"

"네가 원하면 그렇게 해."

그들의 호의는 진정 나를 위한 것이 아니었다. 세제와 지독한 방향제 냄새가 나는 침대 위에서, 침대 위에서만 그들은 내 몸을 눌렀다. 감정 없는 멜로디 같은 애무가 끝나면 엇박자와 분열된 리듬 속에서 서둘러 누르기만 했다. 그들의 성의 없는 누름과 나의 과장된 목소리는 무엇을 위해 지속적으로 반복되었을까. 마지막으로 사귄 법대생 남자의 콧김은 지독했다. 법법 법법, 소리를 내며 뿜어져 나오는 그의 뜨거운 콧김이 나의 팬티에 닿을 때마다 불쾌했지만 왜 나는 가만히 있었을까. 심지어 간지럽다고 입을 벌려 덧니를 보이며 교태를 부렸다. 누군가를 좋아한다는 것은 참을 수 없는 것도 참아야 하는 거라고 나는 배운 적이 없다. 배운 적이 없는 것을 실천하고 있었다. 자랑할 만한 아름다움도 없이 그랬다. 그 새끼는 여전히 다른 여자의 팬티에 콧김을 불어 넣고 있을 것이다. 네 콧김은 정말 더러워,라고 발로 그의 머리를 밀어 차는 여자가 있다면 언니라고 부르고 싶다. 머릿속에 달라붙는 기억을 물리치려 고개를 흔들었다.

어느 순간 트레이닝 바지 속으로 손을 넣어 아랫배를 만지다 잠이 들었다. 눈을 떴을 때는 밤이었고 머릿속에서 풍선이 부풀어오른 듯 멍했다. 지금이 몇 시일까. 지금은 어떤 계절일까. 봄 여름 가을 겨울. 겨울 겨울 겨울. 아니. 아니. 아니. 아무것도 아닌 계절의 끝에 나는 매달려 있다. 그사이 몸이 좀 늙은 것만 같았다. 내 몸이 아닌 고깃덩어리를 끄집어내듯 침대 밑에서 기어 나와 거울을 보았다. 먼지가 묻은 사자 머리에 얼굴이 푸석푸석했다. 문을 열고 거실로 나갔다. 언니의 방문은 닫혀 있었고, 문틈 사이로 소음 가득한 음악 소리가 새어 나왔다. 'Rühr mein Zimmer nicht an!' 문 앞에는 독일어로 내 방을 만지지 마라,라고 쓴 종이가 붙어 있었다. 그것을 읽을 수 있는 사람은 이 집에 아무도 없다. 미친 여자가 확실하다. 냉장고에서 오렌지 주스를 꺼내 마실 때 거실 소파에 몸을 파묻은 채 드라마를 보고 있던 엄마가 말했다.

"너, 방에 있었니? 머리가 왜 그래?"

"아빠는?"

"몰라. 아, 이 인간 정말. 엄마 이혼할까?"

"맘대로 해."

나는 입술 아래로 주스를 흘렸고 엄마는 나 때문인지 드라마 때문인지 깔깔대며 웃었다.

몇 번의 실패 끝에 드디어 나의 예감을 실현할 수 있었다. 녹음기를 틀자 한참 있다가 문이 열리고 남자와 여자의 웃음소리가 들려오기 시작했다. 일시정지 버튼을 누르고 일어나 문을 잠근 뒤 녹음기에 이어폰을 연결하고 귀에 꽂았다. 옷을 만지고 옷을 벗는 소리가 들렸다. 꽤나 부스럭대고 천천히 벗고 있었다. 나도 모르게 손이 올라가 셔츠의 윗단추를 잠갔다. 웃음소리 뒤에 둘은 서로의 몸을 만지고 핥으면서 시답잖은 문학 이야기를 했는데 당연히 그들의 몸이 발생시키는 소음에 더 집중했다. 목소리와 몸 소리는 데시벨이 달라 믹서기의 볼륨 조절을 다르게 해야 한다고 방송반 라디오드라마를 만들 때 들었던 말이 왜 그 순간에 떠올랐을까. 둘의 손이 서로의 몸에 닿을 때마다 주파수의 파장이 달라진다는 것을 느꼈다. 지금까지 살면서 이렇게 소리에 집중한 적이 있었나. 그렇다. 나는 어떤 가청의 영역에서 육체의 소리에 접촉하고 있던 것이다. 대화로 미루어 짐작하면 일을 치르기 전 나의 침대에 수건을 깔았고, 그 수건은 남자가 챙겨 온 것 같았다.

"왜 검은색 수건은 없을까?"

"그러게. 하지만 어딘가 있지 않을까."

"종희 씨, 다음엔 검은색 수건을 준비해 줘요."

"검은색…… 검은색이라."

"검은 것이 아름답잖아."

언니는 남자를 종희 씨라고 부르고 남자는 언니를 차정 씨라고 불렀다. 둘 다 역할 놀이를 하는 배우 같았는데 작가들이 변태라는 말을 어디선가 들어 본 적이 있는 나는 그들이 어설프게 작가 흉내를 내고 있다고 생각했다. 세계관도 문장력도 형편없는 삼류 작가를 말이다. 저런 게 포르노인가. 포르노를 이렇게 보는 건가. 아니 청취하는 건가. 보는 것과 듣는 것은 얼마나 상상력의 차이가 있을까. 지금은 포르노를 청취할 시간입니다.

이왕 끌려 들어온 거 방송반에서 아나운서를 하겠다고 했지만 발음이 부정확하다는 이유로 기술부에 배치되었다. 발육이 남다르고 여드름이 가득한 여자애가 메인 아나운서를 맡았는데 목소리만으로도 교내에서 인기를 꽤 끌었다. 목소리를 훔치고 싶다는 생각을 처음으로 했었다. 점점 거세지는 그들의 격렬한 소음에 입에 침이 말랐다. 비음이 섞인 언니의 목소리가 너무나 낯설어서 불쌍하게 느껴질 정도였다. 중저음인 종희 씨의 음성은 소심하게 들렸고 그 소심함은 상대를 배려하는 척하면서 자신이 원하는 것을 야금야금 갉아먹는 여느 남자들과 별반 다르지 않게 느껴졌다. 이차정 씨는 피부를 스치는 소리 사이사이 이상한 말로 종희 씨를 자극하려 했다.

"종희 씨, 모테라토 칸타빌레!"

"차정 씨, 쉽지 않아."

"보바리 부인을 상상해 봐."

"불가능해."

"왜?"

"끝까지 읽지 못하겠어."

"델러웨이 부인은?"

"마찬가지야."

"클레브 공작 부인."

"그게 누구야?"

"개를 데리고 나다니는 부인."

"나다니는? 뭐야, 안 돼."

"눈 감지 마!"

"……."

"종희 씨, 또 내 동생을 생각하는 거지? 그치?"

"아니야!"

언니가 종희 씨의 몸 어딘가를 때리는 소리가 들렸다. 심장이 뛰고 내가 뺨을 맞은 듯 얼굴이 붉어졌다. 둘은 언제부터 그들의 성적 유희에 나를 동참시켰을까. 불쾌하고 불쾌했지만 불쾌함의 우유가 내 안으로 안으로만 쏟아지고 있었다. 종희 씨의 얼굴이 몹시 궁금해졌다. 머리는 짧지도 길지도 않겠지. 가느다란 쌍꺼풀이 있고 코는 적당히 오뚝하고 입술은 두꺼울까. 어깨는 약간 구부정하고 손등의 퍼런 심줄이 보이겠지. 그 손으로 언니의 몸에 세상에 없는 지도를 그리겠

지. 축축하고 비릿한 두 덩어리의 몸이 나를 꼼짝 못
하게 옭아맸다. 이불을 돌돌 말아 다리 사이에 꼈다.
그들은 나를 돌돌이로 만들어 놓고 지겨울 정도로 절
정의 시간을 미루면서 티격태격하고 있었다.

"말했잖아. 걘 열여섯 살 이후 버진이었던 적이 없
어."

"그럼 차정 씨는?"

"다시 말해 봐."

"그게 중요한 건 아니야."

"다시 말해 봐요."

"난 못 믿겠어."

나 역시 언니의 말을 믿을 수가 없다. 무슨 근거로
언니는 그런 말을 하고 있을까. 수치와 성적 흥분이 뒤
섞인 찌릿찌릿함이 사라지고 허리가 쫙 펴졌다. 손 마
디마디에 힘이 들어갔다. 어떤 이해할 수 없는 난관에
부딪힌 사람처럼 신경이 곤두섰다. 머릿속에 뾰족하
고 날카로운 돌들이 굴러다녔다. 쪼개진 말의 돌들이
나를 조롱하고 욕보이고 울렸다.

정말. 무슨 근거로. 미친년이. 그런 말을. 함부로. 자
기 동생에 대해. 할 수 있나. 언니가 맞나. 열여섯 살 이

후. 그러니까 숫자 16. 내가. 버진. 버진. 버진. 나의 일기장을 훔쳐보았나. 나는 일기장이 없어. 일기장이 없으니 일기를 쓰지 않았고. 일기장이 있어도 그림이나 그리다 버리겠지. 다이어리를 선물로 주는 남자들은 다 형편없는 인간들이었지. 어쩌라고. 자기에 대해 좀 쓰라는 건가. 열여섯 살 이전과 이후의 나를 알고 싶나. 일기장이 있어도 버진이라고는 쓰지 않아. 일기장. 일기장. 빌어먹을. 미친년이. 일기를 쓰듯이. 일기나 쓰고 자빠졌네. 일기장. 일기는 마음이 약한 사람이나 쓰는 거지. 변명할 게 많은 거야. 죄를 지어 놓고. 변명하는 거지. 죄를 짓고. 변명을 하는 거야. 죄. 변명. 죄. 변명. 죄. 변명. 죄. 변명. 죄. 변명. 가짜 변명. 끝이 없는 거야. 변명을 하기 위해 죄를 짓지. 결국 일기를 쓰기 위해 죄를 짓는 거야. 미쳤어. 병신 같은 짓이야. 언니는 병신 짓만 하고 있지. 일기도 쓰고. 자주자주. 미친 한 페이지를. 일기를. 마치 보란 듯이. 책상에. 펼쳐 놓고. 나갔지. 방을 비웠지. 나는 언니 방을 만졌고. 방을 만지지 말라니. 방을 좀 만져 달라는 거 아니야. 아니냐고?! 만지고 싶지도 않은데 만지게 만들고 있지. 미친년. 일기. 미친 일기. 난 그것을 본 적이 있어. 만진 거야. 앞뒤 문맥이 없고 가끔 독일어가 뒤섞여 도통 무슨 말인지 알 수가 없었지만. 아직도 기억나는 글. 17월 59일. 날씨 없음. 책과 죽도록 섹스. 'Intensiver Sex mit einem Buch.' 이게 뭐야. 날짜가 왜 이래. 일기가 맞나. 책을 읽고 죽도록 섹스를 했다는 건지. 책과 죽도록 섹스를 했다는 건지. 알 수 없었지. 그게 그건가. 걸레가 된 책. 찢어진 섹스. 책을 펼쳐 몸에 막 비벼 대기도 했을까. 그렇다면 어떤 책으로?! 일기장만 한 게 없겠지. 온통 자기에 대해 쓴 글만 있는 책으로 자기의 가장 은밀하고 사연 많은 부위에 비벼 댄다는 것은. 제정신이 아닌 거지. 아니 소설을 쓰고 있었나. 소설이라니. 버진이 찢어지는 소리다. 책만 읽고 섹스만 하다 죽어 버려. 어떻게. 그런 말을. 나를 팔아서. 나를 자랑삼아. 차. 차. 언니도. 아니다. 씨발. 꺼져. 미친.

언니는 종희 씨를 상대로 또 다른 소설을 쓰고 있던 것이다. 열여섯 살 이후 버진이었던 적이 없는 허구의 여동생을 등장시켜서 말이다. 글에는 관심이 없지만 고등학교 내내 국어 실력이 뛰어났던 나는 그 말의 문법적 오류 또한 이해할 수 없었다. 열여섯 살 이후 버진이었던 적이 없다니. 열여섯 살 이후 영영 버진으로 돌아갈 수 없었다. 뭐 그런 뜻인가. 그런 것이 문학적 수사인지는 모르겠지만 내가 왜 그 주인공이 되어야 하는지 이해가 가지 않았다. 언니의 입을 찢어야 할까. 구두로 머리를 찍어 버릴까. 찢어진 입속에 구두를 쳐 넣어 버릴까.

둘은 결국 행위를 멈추고 침묵 속에서 침대를 정리하는 듯한 소리를 만들곤 문을 열고 나갔다. 보이지 않아도 침묵의 잡음 속에서 둘의 싸늘한 공기가 느껴졌다고나 할까. 뭐야, 이거 너무 싱겁게 끝나잖아. 그렇다면 내가 원했던 것은 뭐지. 하나의 발소리 뒤에 다른 발소리가 이어졌다. 그녀가 먼저 걸어갔고 그가 뒤를 따라갔다. 그가 먼저 걸어갔고 그녀가 뒤를 따라갔다. 차정 씨는 그녀가 되고 종희 씨는 그가 될 충분한 자격이 있는가. 둘은 그녀와 그의 역할을 수시로 바꾸기도 할 것이다. 등장하지 않지만 실제적 주인공은 내가 아닌가. 내가 없었다면 이야기는 절정이 없고 끝도 나지 않았을 것이다. 더 이상 나의 방 같지 않은 공간의 문은 닫혔고 어리석고 한심한 연인이 남긴 육체의 잔향이 녹음기의 작은 입력 장치 속으로 빨려 들어갔다. 둘의 삼류 소설은 그렇게 끝이 난 것이다. 제목은 '포르노 인 더 이어(Porno in the Ear)'가 적당할까. 어떤 제목을 붙여도 형편없는 작품이 될 것이다. 나는 냉정한 독자가 되어 녹음기를 서랍에 넣고 열쇠를 돌려 잠갔다. 침대의 시트를 걷어 내 바닥에 집어 던졌다. 마른 뺨을 비비다 거울을 보며 머리 모양을 바꿔 볼까 하면서 머리카락을 헝클어트렸다. 숱이 너무 많다. 언니는 나의 숱을 부러워했지. 남자들도 나의 숱 많은 머리 뭉치 속에 손가락을 집어넣으며 움켜쥐곤 했지. 나는 왜 그런 것들을 내버려 뒀을까. 넌 긴 머리가 좋아. 넌 짧은 머리가 좋아. 너의 머리라면 다 좋아.

"왜 머리카락이라고 하지 않고 머리라고 해요?"

선생님에게 물었지만 대답해 주지 않았고 내 머리를 쥐어박았지. 스물한 살의 머리카락을 갖고 아홉 살의 머리 시절을 생각한다. 난 좀 모자란 아이였었나. 이 모든 게 미친년 때문이다. 미친 언니. 미친 머리의 소유자. 언니와 나는 한 번도 같은 시기에 같은 머리 모양을 한 적이 없다. 어릴 적 머리카락을 뽑아 싸움하면 내가 항상 이겼다. 헝클어진 머리를 들고 창문을 열었다. 적당히 차가운 바람이 들어왔다. 창밖은 어두웠고 골목길엔 아무도 없었다. 아무도 나의 방을 훔쳐보지 않는다. 언니가 알려 준 무슨 무슨 나무들이 일정한 간격을 두고 심겨 있고 바람에 나뭇가지가 흔들렸다. 자주 보던 풍경이 낯설게만 보였다. 멀리서 고양이 울음소리가 들리지 않았다. 이제 막 어둠 속에서 기다란 목을 빼는 남자가 보이지 않았다. 아무것도 달라진 것이 없지만 모든 게 변한 것 같은 기분이었다. 이런 걸 에피파니라고 하나. 언니는 습관적으로 말했었다. 여기서는 에피파니를 기대할 수가 없어. 에피파니라니. 사랑하는 주인에게 작은 쥐를 물어다 주는 고양이에게 어울리는 이름이 아닌가. 에피파니를 애지중지하는 엄마를 너무 사랑해 에피파니를 들고 물에 빠뜨릴까 말까 고민하는 아이가 보는 세상은 어떤 색깔일까. 어느새 나도 모르게 언니의 언어를 훔치고 있는 것일까. 이차정, 너는 도대체 나에 대해 뭘 알고 있는 거야?!

　한동안 언니가 나를 부를 때마다 도리어 내가 죄를 지은 것처럼 깜짝깜짝 놀라서 은근슬쩍 피해 다녔다. 한편으로는 언니를 마주치고 언니의 방을 지날 때마다 다음 편을 기대하면서 언니의 방에 녹음기를 숨겨 둘까 하다가 그만두었다. 언니에 대한 적의가 오히려 더 이상 나의 악취미를 지속시킬 수 없게 만들었다. 역

시 비슷한 심리적 상황에서 녹음된 소리를 삭제하려
다 번번이 실패하고 말았다. 돌이켜보면 그 당시 사귀
고 있던 남자가 없었다는 게, 더 이상 남자에 대한 관
심이 없어졌다는 게 얼마나 다행인지 모른다. 살아오
면서 치명적인 실수를 몇 번이나 했는지 모르겠지만
한 번쯤 운 좋게도 비켜 나갔다면 그 당시의 일이 그랬
다. 어쩌면 나는 남자와 돌돌이가 된 채 오로지 육체적
명령에 따라 녹음기를 틀고 성적 유희를 즐겼을지도
모른다.

"열여섯 살 이후 버진이었던 적이 없는 건 우리 언
니지 내가 아니야. 미친 소설을 쓰고 있는 거야. 제정
신이 아닌 거지."

남자들은 나를 더 세게 끌어안았을까. 우리들의 성
적 체험은 이전보다 황홀해질 수 있을까. 미친. 열여섯
살이든 열여덟 살이든 스물여섯 살이든 무슨 상관이란
말인가. 그날 이후 언니는 종희 씨를 집에 데리고 오지
않는 것 같았다. 이것 역시 나의 예감이지만 뭔가 잘 안
풀리는 언니의 심정이 표정과 행동에서 드러났다.

"좀 천천히 먹어라."

러닝셔츠에 올이 늘어난 회색 카디건을 걸친 아빠

가 말했다. 언니는 평소 냄새가 난다고 잘 먹지도 않은 꼬리곰탕에 밥을 말아 게걸스럽게 먹고 있었다. 아빠 얼굴을 더 이상 보기 싫다며, 엄마는 꼬리곰탕을 한 솥 끓여 놓고 부산으로 여행을 갔다. 오랜만에 아빠와 식사를 하고 있는 금요일 저녁이었다.

"이 작가, 글은 잘돼 가?"

언니는 고개를 숙인 채 아무 말도 하지 않았다. 시뻘건 양배추김치 조각이 국그릇에 담겨 있었다. 침묵 속에서 다시 밥을 먹는 소리가 들렸다. 언니의 얼굴에 날카로운 그늘이 져 있었고, 그 그늘에 나는 더 진한 연필로 칠을 하고 있었다.

"남자친구도 글 쓴다고 했니?"

"……."

"연애는 양배추 같은 거다."

"그만 일어날게요."

언니가 젓가락을 식탁에 소리 나게 내려놓으며 말했다.

"차차야."

언니와 나는 동시에 고개를 돌려 아빠를 보았다. 어릴 적 아빠는 우리 둘을 차차,라고 부르곤 했다. 마치

단 하나의 소중한 사람을 부르듯 그랬다. 차차,라는 소리를 십 년 넘게 들어 본 적이 없는 우리는 적잖이 놀랄 수밖에 없었다.

"엄마 아빠 일 알지? 이 꼬리곰탕은 좀 생각이 나겠지만."

"……."

"……."

"차차야, 연애는 양배추 같은 거다. 조심해라."

"조심하세요."

언니는 아무렇지도 않은 듯 그릇을 들고 일어나 개수대에 소리 나게 던져 넣은 뒤 자기의 방으로 들어가 문을 닫아 버렸다. 뭐 또 미친 일기나 쓰겠지. 아빠는 이제 모든 게 해결되었다는 듯 감출 수 없는 미소를 감추기 위해 애를 쓰는 것처럼 보였다.

"언니와 사이좋게 지내라. 엄마 잘 챙겨 주고."

"어디서 살아요?"

"상하이."

"누구랑?"

"……."

"축하해요."

"놀러 와라."

아빠와의 마지막 저녁 만찬은 그렇게 끝났다. 언니에 대한 호기심이 아빠한테로 옮겨 갔지만 오래가지는 못했다. 어차피 둘 다 양배추 문제일 뿐이다. 이미 합의가 끝난 둘의 법적 문제는 엄마가 돌아오자 순식간에 진행되었다. 집과 위자료를 받은 엄마는 아빠와 함께 쓰던 그릇들과 아끼던 은수저 세트까지 버렸고 아빠는 동그란 양배추가 되어 초고속으로 상하이로 날아갔다. 상하이의 여인이 누구일까 궁금했고, 놀러 오라는 말이 진심인지도 알고 싶었지만 잊을 만하면 언니와 나에게 오는 전화에는 그저 형식적인 안부만 있을 뿐 중국에 오라는 말은 없었다. 엄마는 주기적으로 식료품을 비롯한 일용품들이 메이드 인 차이나인 것에 대해 분개했고, 중국 관광객들을 볼 때마다 시끄럽고 더럽다고 욕을 했다. 설마 아빠가 중국 여인과 사랑의 국경을 넘은 것은 아닐 것이다. 회사에서 상하이 출장이 잦던 이유로 그저 더 넓은 곳에서 더 눈에 안 띄게 생활하고 싶어 했다고 짐작할 수 있었다. 반년이 지날 무렵 아빠의 존재는 거실 벽지의 누런 흔적으로만 남았다.

대학 졸업 후 언니는 예정대로 독일로 유학을 떠나기로 했다. 종희 씨와의 관계가 궁금했지만 내 편에서 물어볼 수는 없었다. 심기를 건드리는 엄마의 끈질긴 물음에 언니는 몰라, 군대 가,라고 짧게 대답했다. 엄마가 명쾌하게 뒷말을 붙였다. 끝났네.

"차미는 어디 안 가니?"

식탁에 앉아 데친 두부와 갓김치를 안주 삼아 막걸리를 마시며 「개여울」을 흥얼거리던 엄마는 자신도 이제 내려가고 싶다고 했다. 고등학교 졸업 후 외할머니가 돌아가시자 고향인 제주도를 떠나 광주에서 무역 회사 사무 보조 일을 하다가 이혼남인 아빠를 만나 서울로 온 엄마는 텔레비전에 제주도 풍경만 나와도 채널을 돌리거나 전원을 꺼 버릴 정도로 고향을 경멸했었다. 제주도로 가족 여행을 한 번도 간 적이 없었다. 친구들과 제주도에 간다고 했을 때도 엄마는 거기가 뭐가 좋다고,라고 말하며 의심스러운 눈초리로 나를 쳐다보았다. 물론 친구들이 아니라 남자친구였다는 것을 엄마는 알고 있었을 것이다. 여행을 다녀온 뒤 엄마에게 제주도가 너무 좋다고 말했지만 들은 척도 하지 않았다. 막걸리를 마시고 입을 쩝쩝대던 엄마는 불콰한 얼굴로 오래된 이야기를 다시 시작했다. 입가에 살짝 미소가 걸렸는데 그 미소는 아빠가 짓던 미소와 묘하게 닮아 있었다.

"할머니가 꿈에 나왔어. 맨발이었고 머리를 단정하게 쪽 찌고 흰옷을 입고 곶자왈을 걷고 있었지. 덤불에 걸려 넘어지고 나뭇가지에 발이 찔려 피가 났지만 일어나 계속 걸었지. 모습은 처녀 같았는데 이가 하나도 없었어. 입을 열어 바람을 먹었는데 바람이 뭉텅뭉텅 잘려 나가는 소리가 들렸어. 정말 그랬다니까. 바람이 잘려 나가다니 말이야. 바람이 잘려 나가는 소리 속에서 꿈은 끝났지만 나는 곶자왈 곶자왈이라고 잠꼬대를 하듯 중얼거리고 있었지. 아직 해가 뜨지 않았고 머리맡에 둔 물을 마셨는데 물이 참 달고 맛나더라. 잠이 덜 깬 상태에서 할머니가 들려준 이야기가 떠올랐어. 오랫동안 잊고 있었던 이야기. 아마 너희들을 키우느라 그 이야기를 잊고 말았지. 아니 그건 핑계였는지 몰라. 섬을 떠날 때 그 이야기도 바닷물 속에 던져 버렸을 거야. 무섭고 지겨웠지. 지긋지긋한 이야기. 귀에 못이 박히도록 들은 이야기. 귀에 박힌 못이 녹슬어 사라졌다고 생각했는데 그 이야기가 다시 살아난

거야. 할머니는 나를 데리고 선흘 곶자왈에 가서 흑고
사리를 뜯으며 그 이야기를 해 주곤 했지. 그리고 집
으로 돌아오는 길에는 아무에게도 말하지 말라고 했
어. 잊어버리라고 했지. 나는 잊어버리려고 했는데 할
머니가 잊어버리지 못하게 만들었지. 왜 이야기를 계
속했던 걸까. 이야기할 때마다 조금씩 달라지기도 했
지만 결말은 똑같았지. 마을에 불이 났고 총소리와 죽
창 소리, 자동차 소리, 비행기 소리 속에서 아니 그건
소리라기보다는 소음이겠지. 소음 속에서 사람들의
머리가 터지고 창자가 흘러내리고 팔다리가 분리됐
지. 끔찍했는데. 듣기 싫어서 딴생각을 하거나 멀리 하
늘에 시선을 두기도 했지. 사람들이 산속으로 동굴 속
으로 도망갔던 이야기 말이야. 왜 그랬는지 모르겠지
만 군인들이 노인들을 엎드리게 하고 어린 여자아이
들을 태워 기어 다니게 했다는 이야기도 있어. 할머니
의 사촌 여동생도 마을 노인 등에 탔는데 계속 울고 있
었대. 노인은 얼마 가지 못하고 쓰러졌고 동생은 무서
워서 오줌을 싸고 말았대. 노인의 등과 엉덩이도 오줌
으로 축축해졌는데 노인도 오줌을 싸고 말았을 거야.
그 일이 있고 얼마 후 할머니의 남편은 총에 맞아 죽

었지. 할머니의 첫 번째 딸, 그러니까 나의 언니, 너희들의 이모와 함께 말이야. 나의 언니는 일곱 살이었어. 죽었지만 죽었다고 말할 수 없었대. 말을 하는 순간 따라 죽게 되는 거니까. 이야기가 이야기의 머리채를 잡고 끌고 다니면서 사람들의 눈을 가리고 귀를 막고 입을 닫게 만들었지. 몸속에 고인 이야기를 먹고 내가 태어났지. 할머니의 두 번째 남편인 할아버지, 그러니까 나의 아버지는 술에 취할 때마다 할머니에게 달려들었어. 어떤 날은 무장대와 붙어먹은 년이라고 하고, 어떤 날은 토벌대와 붙어먹은 년이라고 윽박질렀지. 나는 구석에서 이불을 뒤집어 쓰고 있었어. 다음 날 군불을 지피고 각재기국을 끓이는 것도 할머니의 몫이었지. 아버지가 각재기국을 한 그릇 다 비우면 나머지는 엄마와 내가 먹었지. 그 비릿하고 심심하고 시원한 맛이 너무 생각나. 내가 늙은 거지. 내가 늙은 거야. 어릴 적 엄마와 가던 곶자왈에 가고 싶기도 하고 그 이야기를 엄마의 목소리로 다시 듣고 싶기도 해. 그럴 수 없지만 그러고 싶어. 언젠가 나도 할머니가 되면 아이들에게 그런 이야기를 해 줘야 하지 않겠니. 다시 내려갈까 봐. 곶자왈로. 숲으로. 건들바람에 숲이 살랑살랑거려. 살랑살랑. 숲이 흔들리고 마음이 흔들리고 얼굴이 흔들리고 눈물이 떨어져. 어머, 내가 취했나. 취했나 봐. 나는 뭐 취하면 안 되나. 살랑살랑. 곶자왈. 나는 그렇게 예쁘고 슬픈 단어를 들어 본 적이 없어. 에이 쌍, 취한 김에 말할래. 말할래. 차정아, 차미야, 엄마도 이제 혼자 지내고 싶어. 차정이는 알 거야. 혼자 보내는 시간이 신의 축복이라고 누가 책에 쓰지 않았니?"

나는 끈적끈적한 잡풀에 엉킨 시간을 거슬러 기억과 목소리를 재구성하고 있다. 엄마가 쓸 수 있는 언어는 나의 언어와 얼마나 멀고 다른 것일까. 믿을 수 없는 이야기. 하지만 엄마의 이야기가 사실이라고 나는 이제 알고 있다. 그 잔혹한 무대의 언어를 엄마가 사용하는 것이 믿어지지 않을 뿐이다. 그렇다면 언니는 어떤가. 언니의 언어는 어떻게 재구성할 수 있을까. 나의 머릿속에 녹음된 목소리가 늘어지고 끊기고 엉킨다. 그 목소리는 과연 언니의 언어로 이루어진 것일까. 나는 언니의 일기장을 넘겨 보았다. '엄마의 이야기를 믿을 수 있을까. 나는 할머니의 이야기를 쓸 수 있을까.' 나는 언니 일기장의 글들을 옮겨 적지 않았다. 기억하기 싫어도 기억나는 것들이 있다. 망각의 언어에 쪼개지고 흩어지고 다시 달라붙는 이야기들. 나는 기억 재생 장치가 되어 가고 있다. 엄마의 미소. 언니의 눈빛. 나의 침묵. 망각의 안개가 걷힌 내 기억의 숲에서 언니의 글들과 목소리가 고주파의 기이한 소음을 만들며 되울리고 있다.

"혼자 보내는 시간이 신의 축복이라고 누가 그래? 정말 그 말을 믿는 거야? 엄마는 잘 알지도 못하는 말을 함부로 하는 버릇 좀 고쳐. 나이가 들어도 고칠 건 고쳐야지. 내가 이런 말을 하면 엄마는 또 화를 내고 나를 납작하게 만들기 위해 자신이 감당하지 못하는 말을 하려다 실패하고 실패가 분명한데도 실패가 아니라는 듯 실패를 곱씹으면서 스스로를 위로하기 위해 실패의 쓴잔을 들고 입에다 털어 넣겠지. 술을 흘리고 이야기를 흘리겠지. 질질질. 무슨 이야기를 하고 싶은 거야? 우리가 알고 있다고 믿는 이야기는 정말 우리가 알고 있는 이야기일까. 우리가 알고 있다는 이야기를 하다 보면 그 이야기는 우리가 모르고 있는 이야기라는 것을 알게 될 뿐이야. 우리가 모르는 이야기. 엄마가 모르는 이야기. 모르는 이야기가 우리를 유혹하고 있어. 우리는 모르는 이야기에만 끌리지. 알고 있다고 착각하지만 모르는 이야기야. 얼마나 더 모르는 이야기가 우리를 기다리고 있을까. 엄마의 이야기는 믿을 수 없어. 엄마가 들려 준 할머니 이야기는 믿을 수 없어. 그것이 사실이라고 해도 믿을 수 없어. 믿을 수 없을 때까지 믿어야 하는 이야기지만 믿을 수 없어. 엄마는 그 이야기에서 달아나기 위해 얼마나 노력했을까. 나는 또 엄마의 이야기에서 어떻게 달아나야 할까. 이야기가 엎어지면 나는 죽을 수도 있을까. 모든 이야기는 죽고 죽이는 이야기잖아. 나의 이야기는 어떻게 죽어 가게 될까. 나에게 이야기라는 것이 있을까. 나는 작가가 되기 전에 모든 이야기를 끝낸 것만 같아. 이게 가능할까. 시작도 하기 전에 이야기가 끝난 거야. 모든 이야기는 실패야. 실패의 이야기지. 나는 어린 나이에 쓸데없이 많은 책을 읽었어. 엄마는 내가 책을 읽게 내버려 두지 말았어야 해. 나는 더 이상 책을 읽고 싶지 않아. 아니 나는 더 이상의 책을 읽고 싶어. 나는 아무것도 읽지 못했어. 읽었지만 읽지 않은 거야. 읽을수록 읽지 않은 게 더 많아지는 거야. 실패. 실패. 실패야. 샤이턴(scheitern)! 샤이턴(scheitern)! 샤이턴(scheitern)! 실패야! 책을 찢는 소리가 들리고 책을 태우는 소리가 들리고 실패 실패하면서 책이 타들어 가는 소리가 들려. 실패의 소리 속에서 실패의 불길 속에서 실패의 어둠 속에서 할머니가 나타나 내 머리를 쓰다듬거나 쥐어박을 수도 있겠지. 아가, 네 이야기를 하렴. 너 자신에게 충실하고 누구의 삶도 조롱하지 말아라. 무엇을 하든 그 손은 부드럽고 아름다울 거야. 그런 거야. 나는 그 손에 대해 쓰고 싶은 거야. 내가 한 번도 본 적이 없는 손. 내가 한 번도 만져 본 적이 없는 손. 이렇게 나는 할머니와 엄마의 이야기를 훔쳐 나의 이야기를 만들어 낼 수 있을까. 엄마는 어떻게 그럴 수 있을까. 제주에서 태어나 광주를 거쳐 서울로 오다니. 엄마의 시간. 엄마의 장소. 엄마의 이야기. 지극히 개인적인 일상이 역사의 무대가 되는 순간. 그래, 나는 그 이야기를 훔치고 싶은 거야. 엄마가 지나간 자리를 차지하고 싶은 거야. 그럴 수 있을까. 심지어 아빠의 이씨가 아니라 엄마의 부씨 성이면 좋겠다고 생각했어. 나는 엄마의 우연적 삶과 엄마가 보낸 시대를 질투하는 것일까. 하지만 내가 진짜 원하는 건 그런 게 아니야. 아니야. 난 아니야. 내가 왜 이런 마음을 가졌는지 모르겠어. 차정이라니. 차정이 뭐야. 이름처럼 이런 마음을 자랑해야 할까. 내가 왜 이런 말을 하고 있는지 모르겠어. 아니, 나는 잘 알아. 말을 계속한다는 건 사고가 흐려지는 거야. 흐려진 사고의 흐름 속에서 고집만 남아서 이야기가 아닌 것을 이야기라고 우기면서 끝을 향해 나아가는 거지. 엄마는 그것도 모르면서 이야기에 확신을 하고 자신이 이야기의 중심이라고 주장하고 있는 거야. 엄마. 부승자 씨. 엄마. 그런 표정은 짓지 마. 엄마, 이건 나의 말이 아니야. 지금까지 했던 말은 내가 하는 말이 아니야. 엄마는 또 내가 소설을 쓰고 있다고 생각하겠지. 두부를 으깨듯이. 두부를 으깨듯이. 두부가 으깨지듯이 우리의 이야기가. 그럴 수 있을까. 그럴 수 있을까. 그럴 수 있을까. 있을까. 될까. 이야기라는 말을 너무 많이 하면 정작 이야기는 사라지게 되어 있어. 나는 이야기의 중심이 아니라 없는 이야기의 중심 없음이 되고 싶은 거야. 내가 무슨 말을 한다고 생각해? 엄마는 자신이 무슨 말을 하고 있는지 알아? 혼자 있는 시간이 신의 축복이 맞다면 그런 거겠지. 그게 맞아. 하지만 난 아니야. 아직 아니야. 모르겠어. 이야기를 더 듣고 싶지 않아. 더 이야기하고 싶지 않아. 하고 싶어. 해야만 돼. 다시. 처음부터. 계속.

더. 더. 더. 나의 이야기. 나의 이야기. 나만의 이야기. 엄마는 나를 내버려두지 말았어야 했어. 그리고 우린 원래 혼자였어."

미간을 찌푸리며 붉은 눈동자를 굴리던 언니는 한 번도 미소를 지어 본 적이 없는 사람이 되어 식탁 의자에서 일어났다. 언니가 식탁 의자에서 일어나는 동시에 엄마가 방귀를 뀌었는데 방귀 소리는 식탁을 쪼갤 정도로 요란했고, 냄새 또한 지독해서 둘의 이야기가 아무런 힘도 발휘하지 못하고 사그라들었다. 이게 다 무슨 소용이란 말인가. 미친. 아 지긋지긋한 이야기. 하지만 왜 엄마는 미소를 짓고 있는 걸까. 달리 무엇을 할 수 있겠니. 엄마는 맞고 언니는 틀렸다. 엄마의 미소에 전염된 내가 먼저 웃음을 터뜨렸고, 엄마가 그럴 줄 알았다는 듯 웃음을 터뜨렸고, 언니가 그렇다면 나도 하고 웃음을 터뜨렸고, 내가 다시 웃음을 터뜨렸고, 언니가 웃음을 터뜨렸고, 아빠가 그랬던 것처럼 엄마는 일부러 한쪽 엉덩이를 들고 다시금 방귀를 뀌며 웃음소리를 바꿨고, 우리들의 웃음소리 속에서 이번엔 언니가 아 못 참겠다 정말이라고 말하며 오줌을 싸기 시작했고, 뒤이어 내가 그렇다면 나도 하고 오줌을 쌌

고, 엄마가 매정한 년들, 니들은 니들밖에 몰라, 하면
서 오줌을 쌌는데, 엄마의 오줌은 언니와 나의 오줌과
는 비교도 안 될 정도로 뜨겁고 많은 양이어서 우리는
그냥, 모든 것을 포기하듯이 엄마 엄마 엄마 엄마 엄
마 엄마 엄마 엄마 엄마 엄마 엄마 엄마 엄마 엄마 엄
마 엄마 엄마 엄마 엄마 엄마 엄마 엄마 엄마 엄마 엄
마 엄마 엄마 엄마 엄마 엄마 엄마 엄마 엄마 엄마 엄
마 엄마 엄마 엄마 엄마 엄마 엄마 엄마 엄마 엄마 엄
마 엄마 엄마 엄마 엄마 엄마 엄마 엄마 엄마 엄마 엄
마 엄마 엄마 엄마 엄마 엄마 엄마 엄마 엄마 엄마 엄
마 엄마 엄마 엄마 엄마 엄마 엄마 엄마 엄마 엄마 엄
마 엄마 엄마 엄마 엄마 엄마 엄마 엄마 엄마 엄마 엄
마 엄마 엄마 엄마 엄마 엄마 엄마 엄마 엄마 엄마 엄
마 엄마 엄마 엄마 엄마 엄마 엄마 엄마 엄마 엄마 엄
마 엄마 엄마 엄마 엄마 엄마 엄마 엄마 엄마 엄마 엄
마 엄마 엄마 엄마 엄마 엄마 엄마 엄마 엄마 엄마 엄
마 엄마 엄마 엄마 엄마 엄마 엄마 엄마 엄마 엄마 엄
마 엄마 엄마 엄마 엄마 엄마 엄마 엄마 엄마 엄마 엄

마 엄마 엄마 엄마 엄마 엄마 엄마 엄마 엄마 엄마 엄
마 엄마 엄마 엄마 엄마 엄마 엄마 엄마 엄마 엄마 엄
마 엄마 엄마 엄마 엄마 엄마 엄마 엄마 엄마 엄마 엄
마 엄마 엄마 엄마 엄마 엄마 엄마 엄마 엄마 엄마 엄
마 엄마 엄마 엄마 엄마 엄마 엄마 엄마 엄마 엄마 엄
마 엄마 엄마 엄마 엄마 엄마 엄마 엄마 엄마 엄마 엄
마 엄마 엄마 엄마 엄마 엄마 엄마 엄마 엄마 엄마 엄
마 엄마 엄마 엄마 엄마 엄마 엄마 엄마 엄마 엄마 엄
마 엄마 엄마 엄마 엄마 엄마 엄마 엄마 엄마 엄마 엄
마 엄마 엄마 엄마 엄마 엄마 엄마 엄마 엄마 엄마 엄
마 엄마 엄마 엄마 엄마 엄마 엄마 엄마 엄마 엄마 엄
마 엄마 엄마 엄마 엄마 엄마 엄마 엄마 엄마 엄마 엄
마 엄마 엄마 엄마 엄마 엄마 엄마 엄마 엄마 엄마 엄
마 엄마 엄마 엄마 엄마 엄마 엄마 엄마 엄마 엄마 엄
마 엄마 하고 부르며 식탁 아래로 기어들어 가 엄마의
다리를 잡고 물고 핥고 빨고 깨물고 울었다. 인간이 지
각할 수 없는 시간의 한계를 흔들며. 살랑살랑. 우린
원래 혼자였고.

방귀 소리

웃음 소리

오줌 소리

울음 소리

엄마 소리

음악이 될 수 있을까.

모든 소리는 음악이 될 수 있어. 솔랑쥐는 말했다.

나는 지금 겨울음악공원이 내려다보이는 창가에
몸을 기댄 채 녹음기 속 언니의 목소리를 듣고 있다.
여름 바람에 흔들리는 보라색 커튼이 내 얼굴에 닿을
듯 말 듯 한다. 숨을 깊게 들이마신다. 어제 내린 비로
공기에서는 비릿하고 신선한 냄새가 난다. 길 건너편
우체통에 노인이 무언가를 집어넣는다. 흑인 소년이
자전거를 타고 간다. 비닐봉지를 든 과체중의 남자가
엉덩이를 흔들며 걸어간다. 노란색 청소차가 요란한
소리를 내며 천천히 지나간다. 지금은 몇 시일까. 지
금 거기는 몇 시예요? 시간의 구멍이 있다면 그 구멍
은 비좁고 어두울 텐데 그 구멍 속으로 과거의 소리들
이 광속의 먼지 입자처럼 빨려 들어가고 있다. 이제 녹
음기의 말들을 외울 정도이고, 목소리를 흉내 낼 수 있
고, 소음 속에서 나의 방을 그려 볼 수 있다. 시간과 공
간을 이동해 나의 방 침대 밑에서 아주 먼 나라의 포르

노를 듣고 있는 것이다. 한국이 그리울 때면 녹음기를 튼다. 녹음된 소리를 듣고 있으면 다시 한국이 싫어진다. 그날 날씨는 어땠을까. 기억나지 않는다. 범죄 현장에 투입된 요원처럼 그날의 날짜와 시간을 내 목소리로 녹음해야 했는지도 모른다. 어느 날, 우연히 솔랑쥐의 책상에 펼쳐져 있는 연쇄살인범 테드 번디에 대한 책을 넘겨 보다 그와 인터뷰한 형사의 녹음기가 내가 갖고 있는 녹음기와 같은 브랜드인 것에 설명할 수 없는 전율과 공포를 느꼈었다. 이런 책을 왜 봐? 나는 솔랑쥐에게 묻지 않았다. 우리에게 그런 이야기는 금기 같은 것이다.

눈이 내리지 않아도 겨울음악공원은 겨울음악공원이다. 겨울음악공원이라는 이름은 솔랑쥐가 지었는데 겨울음악공원에 눈이 내린 적이 한 번도 없기 때문이라고 했다. 주변엔 눈이 쌓여도 겨울음악공원에는 눈이 내리지 않는다고 했다. 그걸 어떻게 아냐고 물었는데 솔랑쥐는 너도 곧 알게 될 거야,라고 대답했다. 내가 솔랑쥐의 말을 제대로 이해했는지 모르겠다. 솔랑쥐는 솔랑쥐대로 자신만의 언어에 갇혀 있는지도 모른다.

지금은 여름이고 겨울음악공원에는 녹음(綠陰)이

한창이다. 녹음(錄音)의 녹음(綠陰). 녹음(綠陰)의 녹음(錄音). dense forest of recording. recording of dense forest. 영어로는 어떻게 말해야 할까. 솔랑쥐에게는 이런 말장난을 할 수가 없다. 설명할 수 없는 말들이 너무나 많다. 솔랑쥐가 어느 정도 한국말을 이해하게 되면 함께 침대 밑으로 들어가 녹음기를 틀게 될까? 그럴 일은 없을 것이다. 솔랑쥐와 처음 관계를 갖고 나서 솔랑쥐의 쥐는 한국어로 mouse,라는 의미라고 알려 주었고, 한국의 제주아일랜드에는 솔랑쥐라는 엄청 귀여운 전설의 동물이 살았었다고 했다. 나의 농담을 실제로 믿은 솔랑쥐는 며칠 후 캐슈넛과 아몬드를 입에 잔뜩 넣어 볼을 부풀린 뒤 응응 솔랑쥐 솔랑쥐 으응, 하면서 나에게 얼굴을 들이밀었다. 나는 솔랑쥐가 혀로 넘겨준 부스러기를 받아먹었다. 나는 솔랑쥐가 한국말을 배우기를 원하지 않는다. 이해할 수 없는 언어의 간극이, 번역될 수 없는 언어가 솔랑쥐와 나를 더 가깝고 뜨겁게 만든다고 생각한다. 결핍된 언어의 도움으로 우리는 욕망에 따라 아이처럼 동물처럼 천진하고 사랑스럽게 지낼 수 있다.

"솔랑쥐, 난 열여섯 살 이후로 버진이었던 적이 없

대."

솔랑쥐는 그건 아무것도 아니라는 듯 나의 다리를 벌린 뒤 길고 차가운 혀로 나의 깊고 주름진 곳을 핥아 줄 것이다. 솔랑쥐가 아니었다면 나는 평생 내 음문과 항문 사이에 작은 점이 있다는 것을 몰랐을 것이다. 처음 그것을 보고 솔랑쥐는 you you cute cute dot dot이라고, 말을 처음 배우는 아이처럼 치열이 드러날 정도로 환하게 웃었다. 솔랑쥐를 만나 나는 지스폿을 알게 되었고, 내 안에도 그게 있다는 것을 느꼈다. 입을 맞추고 서로의 옷을 벗기고 솔랑쥐가 그 어떤 남자보다 많은 양의 침을 분비하며 클리토리스가 따끔따끔하게 나의 음부를 빨고 지스폿을 선물해 주던 날, 나의 조상들은 아주 오래전 거기를 곶자왈이라고 불렀다고 말해 주었다. Got-ja-wal. Gotjawal. wal. wal. wal. 떠돌이 개가 짖듯이 말했다. 그 이후 곶자왈은 우리의 러브 시그널이 되었고, 솔랑쥐는 커다란 눈동자를 굴리며 복화술로 곶자왈 곶자왈 노래를 하고 초콜릿 가슴을 흔들며 나에게 다가오곤 한다. 누군가의 몸이, 타인과의 애무와 섹스가 육체적 쾌감을 넘어 고통을 어루만지고 지친 영혼을 달래 줄 수도 있다는 것을 알게 되었다.

'차미, 눈물을 억지로 참지 마.' 솔랑쥐가 한 자 한 자 그림처럼 쓴 글이 담긴 「The Peanuts」라이너스 메모지를 나는 지갑에 넣고 다닌다. 어두운 감정이 완전히 사라질 수 없다는 것을 받아들이자 문득문득 고개를 쳐드는 공포와 발작이 점점 잦아졌다. 나는 솔랑쥐에게 안겨 울었다. 눈물들. 떨림들. 눈물의 떨림. 떨림의 눈물. 그 소리도 음악이 될 수 있다는 것을 나는 믿는다.

창가에 기댄 몸을 돌린다. 길 건너편 우체통에 노인이 무언가를 집어넣지 않는다. 흑인 소년이 자전거를 타고 가지 않는다. 비닐봉지를 든 과체중의 남자가 엉덩이를 흔들며 걸어가지 않는다. 노란색 청소차가 요란한 소리를 내며 천천히 지나가지 않는다. 주방으로 가 커피를 내리고 미리엄 알터의 「Waking up」을 튼다. 머리를 쓸어 넘긴다. 엉킨 머리에 손가락이 걸린다. 머리 모양과 머리 색을 바꾸고 싶다. 검은 것이 아름답다고 언니는 말했었다. 이제 나는 그 말의 어원과 의미를 알고 있다. 나는 지금 솔랑쥐가 '그레이트 미스터리' 상으로 받은 전통과 권위를 자랑하는 오렌지색 격자무늬 나이트가운을 입고 있다. 등에는 이렇게 쓰여 있다. Don't Die!

3부_____차미와 솔랑쥐 그리고 제니퍼

약속만 하면 그는 나가지 않았다.

어째서 이런 문장이 떠오른 것일까. 존스홉킨스 대학으로 가는 노스차일드 거리에서 걸음을 멈춘다. 가방에서 노트와 펜을 꺼내 쓴다. 길에 멈춰 선 채 불안정한 자세로 체리목 필드노트에 차미가 선물한 모나미 153 볼펜으로 글을 쓰고 있는 나를 몇몇 사람이 힐끔거리며 쳐다보고 간다. 그렇지 않다. 나의 착각이다. 그들은 약속이 있고 갈 길이 바쁘다. 약속은 없지만 갈 길이 바쁘다. 약속이 없고 갈 길도 바쁘지 않지만 거리에 서서 뭔가를 쓰고 있는 사람에게 신경을 쓸 여유가 없다. 이 도시에서 까맣고 맷집 좋아 보이는 사십 대 여자한테 신경을 쓸 사람은 없다.

그렇다. 여유가 없다. 여유가 없는 사람들에게 시간을 사용할 여유가 나에게는 있다. 시간을 사용할 때마다 무신경한 그들의 모습에 자극을 받는다. 그것이 나의 마약이다. 작가가 되지 않았다면 이런 기분은 느끼지 못했을 것이다. 거리를 걸어가는 사람들은 잠재적인 살인자다. 또한 잠재적인 피해자다. 나는 사람들의 얼굴과 걸음걸이를 훔쳐본다. 관찰하는 것이 아니라 훔쳐보는 게 맞다. 오래된 습관이다. 살인자와 피해자의 얼굴이 겹쳐 보이고 걸음걸이가 닮아 간다. 이것은 또 다른 나의 불안이다. 불안이 나를 거리에 붙잡아 두고 있다.

『불안은 영혼을 먹는다(Fear Eats the Soul)』. 작년에 출간된 나의 소설 제목이다. 라이너 베르너 파스빈더 감독의 영화 제목에서 가져온 것이다. 아주 오래전 뉴욕의 화이트시네마에서 그 영화를 봤는데 내용은 거의 기억이 나지 않는다. 마지막 장면에서 여주인공이 오븐에 자신의 머리를 넣는 장면이 있었던 것 같고, 그 장면으로부터 모티브를 얻어 주인공 빅 버드가 전 부인의 집으로 가 자신의 머리를 오븐에 넣는 장면부터 소설을 시작했다. 이후에 나는 영화에 그 장면이 없다는 것을 알았고, 이런 기억의 어긋남은 또다시 어떻게 생겨나는지 궁금해했고, 어느 날 누군가 당신의 모든 기억은 엉클어져 있다며 내 머릿속에 손을 넣어 뇌를 주무를 것 같은 끈적끈적한 망상에 시달리기도 했다. 그렇다면 내가 본 장면은 무엇이었을까. 혹은 내가 보지 못한 장면은 무엇이었을까. 오븐에 머리를 넣는 실비아 플라스를 떠올린다. 불이 난 호텔 방에 앉아 있는 잉게보르크 바흐만을 떠올린다. 불에 탄 손으로 담배를 피우는 클라리시 리스팩토르를 떠올린다. 그리고 병든 엄마를 침대에 묶은 뒤 집에 불을 내 죽은 플로라 시몬을 떠올린다. 물에 빠진 여자들과 불에 탄 여자들은 다르다. 불의 머리들. 재의 언어들. 한때 나는 그들의 뜨겁고 혼란스러운 글들에 매료된 적이 있었다. 지금은 불의 흔적만 남아 피에 굶주린 동물이 되어 연약한 짐승을 찾아다니듯 잔혹한 언어들을 수집하고 있다. 『불안은 영혼을 먹는다』의 아쉬움이 계속 남아 머릿속에 핏빛 망상의 거미줄을 치고, 지금 쓰고 있는 소설의 제목이자 연쇄살인마 이름인 '이든 머리(Eden Muhly)'에게 빠져들게 한다. 차미 말로는 머리,라는 발음은 한국말로 head를 가리킨다고 했다. 그 말의 차이와 엉뚱함에서 소설의 힌트와 모티브를 얻었다. 어느새 차미는 내 소설의 뮤즈가 되어 있다. 인터넷으로 한국어를 조금씩 배우고 있다. 한국어로 내 소설이 번역

된다면 제목은 '에덴의 머리(Head of Eden)'로 바뀔지도 모른다. 이런 상상은 언제나 아드레날린을 분비하게 만든다. 나는 언어 살인마다.

이든 머리, 그는 어디로 갔을까. 다음 피해자는 누구일까. 누구의 머리가 쪼개질 것인가. 내가 무엇을 쓰고 있었지. 쓴 것을 다시 읽어 본다. 머릿속으로 읽어 보고 복화술로 발음해 본다. 좀 전에 떠오른 문장을 이어 본다. 약속만 하면 그는 나가지 않았다. 어릴 적에는 이런 걸 에피파니라고 믿었다. 언어의 꿀을 빨아 먹는 작고 귀엽고 사악한 요정 같은 에피파니.

"빅토리아의 글에는 시적 에피파니가 있다. 계속 글을 쓰면 좋겠다."

열여섯 살 때 작문 선생인 스탠리 J. 월러스는 나에게 말했다. 그날 이후 핫도그랠리쉬 냄새를 풍기는 같은 반 머저리들이 나를 에피파니라고 놀리기도 했지만 에피파니라는 단어가 나의 일기장에 등장했고, 에밀리 디킨슨의 시집을 들고 내가 즐겨 앉아 있던 공원을 겨울음악공원이라고 이름 붙이곤 불가능한 시적 에피파니를 삶 속에서 실현하려고 했다. 누군가 왜 겨울음악공원이냐고 물어보면 한 번도 눈이 내린 적이

118

없는 공원이기 때문이라고 말해야지,라고 일기장에 쓰기도 했다. 당연히 아무도 물어보지 않았다. 그 당시는 시적 에피파니와 시적 아이러니도 구별할 수 없었지만, 지금에 와서도 그런 구별이 글을 쓰는 데에 아무런 도움이 되지 않는다는 것을 잘 알고 있지만, 나는 작가가 되기를 열망했다. 누군가의 말 한마디가 한 사람의 인생을 바꿀 수도 있다는 것을 알게 되었다. 나는 겨울음악공원 벤치에 앉아 일기장에 스탠리가 추천한 플로라 시몬의 문장을 썼다. '너의 이야기를 해라. 너 자신에게 충실해라. 다른 사람의 삶을 조롱하지 말아라.' 누구도 나의 에피파니를 조롱하거나 겨울음악공원을 더럽혀서는 안 된다고 생각했다.

스탠리가 생물 선생인 제시카 맨디블과 그렇고 그런 사이라는 것을 안 뒤에는 나의 에피파니도, 나를 향해 짓고 있다고 착각한 스탠리의 미소도 사라지고 말았다. 제시카가 스탠리의 커다란 성기를 빨다가 맨디블(mandible, 하악골)이 빠졌다는 농담이 돌았고, 과학실험실 칠판에는 스탠리의 뱀장어 성기와 제시카의 아메바 음부가 그려져 있었다. 무뇌아들의 유치한 장난이었지만 얼마 뒤 총각 스탠리는 이혼한 제시카와 결

혼을 했다. 무언가에 놀란 듯한 커다란 눈동자에 검은
색에 가까운 갈색 피부, 가지처럼 두꺼운 입술을 가진
내가 금발의 호리호리하고 항상 구두를 구겨 신고 있
던 스탠리를 좋아했었나. 모르겠다. 에피파니,라고 말
할 때 벌어지는 주름진 입 모양은 좋아했을 것이다.
'나는 사랑해서는 안 될 사람을 향해 나아가고 있습니
다.' 나는 바이런의 시 「세월」이 적힌 일기장의 페이
지를 찢어 버렸다. 에피파니. 이제 그런 건 믿지 않는
다. 믿을 수 없다. 그리고 나는 더 이상 빅토리아가 아
니다. 빅토리아 모리슨이 아니다. 빅토리아 모리슨은
나의 첫 소설 「신의 장난감」의 첫 희생자다. 살인자에
의해 손목이 잘린 뒤 좌우가 바뀌어 스테이플러 건으
로 엉성하게 봉합되었다. 빅토리아는 좌우가 바뀐 너
덜너덜한 두 손을 맞잡은 채 벌어진 음부를 가리고 있
었다. 첫 소설과 함께 나의 이름은 사라졌고 이제 나
는 왼손잡이 솔랑쥐 앤블랙으로 살고 있다. 그것을 증
명하기 위해 소설 속에서 계속 사람을 죽이고 있다. 이
든 머리는 가정용 전기톱으로 여자의 머리를 잘라 뇌
를 분리한 뒤 알코올정제수로 세척을 하고 인간다움
을 관장한다는 전두엽 부위를 떼어 내 유리관에 보관

하고 남은 뇌에 소금을 뿌려 냉장고에 넣어 두었다. 하루에 한 번 소금에 절인 뇌를 꺼내 오가닉 타르타르 소스를 뿌려 비며 먹는다. 뇌가 떨어지자 밖으로 나가 석양을 배경으로 버몬트 모리스타운의 가장 긴 직선 도로를 걷다가 사라진 이든 머리. 그는 어디로 갔을까. 내 머릿속에서 사라진 그를 찾기 위해 나는 지금 그린을 만나러 가고 있다.

"에헹, 또 뭔가 안 풀리나 보군."

마뜩잖은 콧소리를 내며 그린이 말했었다. 전화기 저편에서 아이들의 뛰는 소리와 웃음소리가 들려왔다.

"이런, 미안해. 집인 줄 몰랐어. 캐럴과 아이들은 잘 있지?"

"망할 것들. 피넛 두 개가 동시에 나올지 누가 알았겠어. 그것도 빅사이즈로 말이야. 에헹."

"훗. 좋아서 방방 뜰 때는 언제고."

"내일 오후에 존스홉킨스 쪽에 볼일이 있는데 거기서 볼까?"

"좋아."

전화를 끊고 나서 내가 왜 미안하다,라는 말을 했는

지 잠시 생각했다. 그린의 아내인 캐럴의 얼굴이 떠올랐다. 여전히 캐럴은 그린과 차미 사이를 의심하고 있는지도 모른다. 내가 차미와 커플이 되어 살고 있다는 걸 알아도 의심은 사라지지 않을 것이다. 한번 의심을 품게 되면 의심이 실현되는 장면을 마주할 때까지 의심은 사라지지 않는다. 캐럴은 그린과 차미가 몸을 뒹구는 것을 봐야 심리적 안정을 되찾을 것이다. 그런 일은 일어나지 않을 것이다. 일어나서는 안 된다. 이미 오래전 그런 일이 일어났다면 다시는 일어나지 말아야 한다. 캐럴은 주기적으로 심리상담을 받고 있다. 캐럴의 심리상담을 맡고 있는 제니퍼 린 스콧은 나와 그린 맥과이어의 친구다. 제니퍼는 한때 나의 파트너이기도 했다. 9·11 테러로 아버지를 잃고 제니퍼는 더 강한 사람이 되었다. 당시의 트라우마를 안은 채 정신의학 교수의 길을 접고 현장의 심리상담 전문의가 되기로 결심했다. 제니퍼는 사람을 핸들링하고 리드하는 데 탁월한 능력을 갖추고 있다. 제니퍼로부터 나는 여성으로서의 정체성과 여자들이 어떻게 사랑을 나눠야 하는지 배웠다. 제니퍼와 헤어지고 나서는 더 이상 남자에게 흥미를 느끼지 못하게 되었고, 앞으로 어떻게 살아야 할지 알게 되었다. 요약하면 매사에 너무 복잡하게 생각하지 말라,였다. 제니퍼는 남자들의 어디를 만져 주고 빨아 주면 털 빠진 암고양이 소리를 낸다는 말도 했었다.

"그린도 별수 없더라."

제니퍼는 혀를 내밀어 핥는 시늉을 했었다. 모든 게 가능해야 된다고 믿었던 철없던 시절의 이야기다. 언젠가 술에 취한 캐럴 맥과이어 부인이 우리 셋을 가리키며 You are threesome bitch!라고 진심인지 농담인지 모를 소리를 내뱉기도 했다. 캐럴은 매사추세츠의 뿌리 깊은 청교도 집안에서 태어나 미국식 가정 요리를 먹으며 자란 아름답고 순진한 여자라고 그린은 말했지만 내가 보기에는 가면이 너무 많아 자신조차 속마음을 모르는 것 같았다. 쌍둥이를 낳고 캐럴은 산후 우울증을 앓았다. 제니퍼의 말에 따르면 우울증은 가라앉았지만 신경 다발이 엉킨 발작적 노이로제로 전이되었다고 한다.

"좀 더 쉽게 설명해 봐."

"너도 애를 낳아 보면 알 거야. 한마디로 몸에서 뭔가 빠져나간 거지. 그리고 원래 정통 백인은 다 제정신이 아니잖아."

"넌 참, 말을 쉽게 해. 전문의 자격증이 의심스러워."

그렇게 말했지만 나는 언젠가 제니퍼를 만나 캐럴의 뒷이야기를 캐내 유아 살인에 대한 이야기를 쓸지도 모른다. 플로리다 퍼블릭스 마트에서 아이가 탄 카트를 계단에서 밀어 숨지게 한 엄마의 기사를 떠올리다가 길옆의 와이먼 파크 델 오크 나무에 몸을 기대 엉덩이를 치대고 있는 노파를 바라보았다. 은발에 크고 둥그런 안경, 통통한 몸에 펑퍼짐한 겨자색 외투를 걸치고 있었는데 로빈 윌리엄스가 가정부로 분장하고 나온 영화 「미세스 다웃파이어(Mrs. Doubtfire)」와 비슷해 보였다. 사람들은 그 영화의 감동을 이야기했지만 이상하게도 나는 무섭고 징그러운 기분을 느꼈고 그런 기분이 생각보다 오래 지속되었다. 미세스 다웃파이어의 얼굴이 나의 잠자리를 괴롭혔고, 특유의 기묘한 미소를 지으며 고기를 자르던 칼로 아내와 아이들을 난도질할 것 같았다. 노파는 틀니를 잃어버렸는지 입을 계속 오물거리고 있었다. 툭 불거져 나온 잔가지가 노파의 엉덩이 사이를 부드럽게 찌르고 있다는 상상을 하다가 저 노파는 내가 잃어버린 이든 머리의 엄마일지도 모르겠다는 망상으로 치닫게 되었다. 언어 다발이 엉킨 발작적 노이로제가 다시 시작된 것이다. 노파도 한때 PMS에 시달리는 젊은 엄마였을 것이고, 베이비 이든의 피넛을 만지작거리며 좋아했을 것이다. 하지만 그 기간은 너무도 짧았고 남편에 대한 욕구 불만을 아들의 머리를 쥐고 흔드는 것으로 풀었을지 모른다.

"어릴 때 그는 어떤 아이였나요?"

"뭐라고? 크게 말해 봐."

"어릴 때 그는 어떤 아이였나요?"

"뭐라는 거야? 내 귀가 떨어져 나가도록 말해 보라고."

"어릴 때 그는 어떤 아이였나요?"

"어릴 때 그가 어떤 아이였냐고? 그걸 지금 나에게 묻는 거야? 내 말이 잘 들려? 난 귀가 잘 안 들려. 내가 하는 말도 잘 안 들려. 하지만 말할 수는 있지. 잘 말할 수 있어. 암, 언제나 나는 잘 말해 왔지. 입이 있으니까. 내 입. 입으로 할 수 있는 건 많지만 가장 지겹게 했던 건 입을 다물고 있는 거였지. 입을 다물어야 살 수 있

는 시대였지. 하지만 이젠 입을 다물지 않아. 그런 시
대는 끝났어. 말을 해야 해. 내 입이 말하고 있지. 내
입. 내 입에서 냄새가 나기도 할 거야. 요새는 입만 열
면 그 냄새가 나. 왜 그 냄새가 나는 거지. 닭똥 냄새가
나지. 닭똥 냄새를 질리도록 맡았지. 닭을 키웠으니까.
우리 아버지가 닭을 키웠어. 머리가 뾰족해서 정말 닭
대가리 같은 남자였지. 일자무식에다가 신문의 그림
만 보던 양반이었지만 닭 하나는 끝내주게 잘 키워 마
을에서 치킨 빌이라 불렸지. 치킨 빌의 계란을 사려고
아침부터 사람들이 바구니를 들고 찾아왔다니까. 닭
은 잘 키웠지만 숫자는 잘 세지 못해 계산은 엄마의 몫
이었지. 내 기억이 맞나. 에라, 모르겠다. 닭을 만진 손
으로 내 얼굴을 만지곤 했는데 그 냄새를 아직도 기억
하고 있어. 물론 닭을 만진 손으로 엄마도 만졌을 거
야. 왜 안 그러겠어. 어쩌면 나를 만드느라 낑낑댔을
때도 닭을 만진 손으로 엄마의 엉덩이를 주물렀을 거
야. 엄마는 닭을 싫어했지. 닭을 싫어하는 여자가 닭을
키우는 남자와 사는 심정이 어떨 거 같아? 닭의 목은
비틀 수 있어도 닭을 닮은 남자의 목은 쉽게 비틀 수가
없지. 요즘 젊은것들이야 서로의 목을 막 비틀고 별짓

을 다 하지만 옛날엔 그러지 않았어. 여자들이 불행한 시대였지. 나 역시 불행한 시대에 불행한 유전자를 갖고 태어나 불행한 삶을 살았지. 내 포플린 치마에서는 닭 털이 사라질 날이 없었어. 닭만 키웠던 부모가 열일곱 살의 아이오와 촌년을 출세시킨다고 이웃 마을의 말을 키우는 남자에게 시집을 보냈지. 다행히 말상은 아니었어. 아니 차라리 말상인 게 나았을지도 몰라. 노총각에다가 대머리에 목이 짧은 거북이였지. 있는 거라곤 아무짝에도 쓸모없는 종교적 무지함과 세 마리 말과 마구간뿐이었지. 말의 이름은 모세와 요셉과 요한이었어. 제정신이 아닌 거지. 말에 미친 남자야. 말과 사랑한 남자였어. 잘 마시지도 못하는 술을 마시고 취하면 모세의 목을 잡고 울었지. 왜 모세한테만 그랬는지 몰라. 모세의 털이 유난히 반짝인 건 사실인데. 모세는 주인을 닮아 먹기도 많이 처먹었어. 말을 만진 손으로 나에게 달려들어 옷을 벗겼는데 어찌나 솜씨가 형편없었는지 얘기하고 싶지도 않아. 닭의 목은 비틀 수 있어도 말의 목은 비틀 수가 없지. 이전부터 말을 싫어한 것은 아니었는데 말과 사랑한 남자와 살다 보니 말이 싫어졌어. 말똥 냄새는 닭똥 냄새하고는 비교도 되지 않았지. 말을 싫어하는 여자가 말을 키우는 남자와 사는 심정이 어떨 거 같아? 말을 키우지만 다리 사이 물건은 닭 모가지밖에 되지 않아 사는 낙이 하나도 없었지. 이렇게 말똥만 치우다 죽을 수는 없어,라고 생각하면서 살았지. 다행히 이 년이 지나도록 애가 들지 않았고 결국 나는 도망쳤고 도시의 소시지 공장에 취직했고 거기서 제프리 푸조를 만나 살림을 차렸지. 내가 지금 뭐라고 했지? 제프리 푸조. 그 이름이 맞나. 모르겠다. 이름 따위가 뭐 그리 중요하겠어. 내가 제프리 푸조라고 말했으니 제프리 푸조인 거지. 한번 입에 담은 이름은 사라지지 않아. 계속 부를 수밖에 없어. 제프리 푸조. 좀 근사한 이름이지. 맞아. 그는 제프리 푸조가 맞아. 그 이름보다 근사한 이름은 없어. 근사한 남자였지. 결혼을 했었다는 얘기는 할 수 없었어. 그땐 나도 아직 쓸 만했으니까. 제프리 푸조를 놓치고 싶지 않았지. 내가 결혼을 하고 말똥 냄새를 풍기는 남자와 그 짓을 밥 먹듯 했다고 어떻게 말할 수 있었겠어. 마구간에서도 그랬지. 마구간에서도 그랬어. 아, 마구간 냄새. 모세와 요셉과 요한이 앞발을 들고 머리를 흔들어 소리를 지르는 가운데 그랬지. 그때만 나는

뭔가 느꼈던 것 같아. 차라리 말똥 냄새 속에서 짐승
이 되어 뒹구는 편이 나았던 거야. 그렇게 잠시나마 모
든 것을 내팽개칠 때만 쾌감을 느꼈지. 그 인간은 일
을 치르고 나서 미안한 마음이 들었는지 솔로 말의 털
을 빗겨 주었지. 내 머리와 옷에 냄새나는 지푸라기가
잔뜩 묻어 있는데도 말들에게만 속죄한 거지. 빌어먹
을 마구간. 빌어먹을 말들. 아니. 말들이 무슨 죄야. 말
은 죄가 없어. 말이 좀 보고 싶긴 해. 오래전 다 죽었을
거야. 가장 허약하고 못생기고 냄새나는 요한이 제일
먼저 죽었겠지. 내가 마구간 삶에 대해 말을 했다면 제
프리 푸조 성격에 따귀를 갈기고 나를 걷어차고 말았
을 거야. 말할 수 없었지. 말을 참아야 할 때가 있고 남
자에게 거짓말을 해야 살 수 있는 시대였으니까. 이해
못 할 것도 없지. 제푸리 푸조는 내가 처녀가 아닌 것
에 실망했지만 꼬치꼬치 묻지는 않았어. 묻고 싶었지
만 참았을 거야. 남자답다는 것을 과시하기 위해 자신
을 속인 거야. 그래도 말을 사랑한 남자하고는 비교도
안 될 정도였지. 진짜 남자였어. 조니 캐시의 「Ring of
Fire」를 멋지게 불렀지. 정말 불을 낼 줄 알았다니까.
잠자리도 탁월했고 여자를 어떻게 울리고 웃기는지도

잘 알았지. 다만 나한테만 그런 게 아니라는 게 문제였어. 그래도 아이는 태어났고 어느 날 기저귀를 갈고 있는 나를 향해 빌어먹을 집 안에 똥 냄새가 진동해,라고 소리치곤 자신이 아끼는 가죽 재킷과 카우보이 구두를 챙겨 떠나 버렸지. 내가 그의 발목을 잡아야 했을까. 남자가 떠나면 여자가 발목을 잡는 시대이긴 했지. 아 정말 지긋지긋한 시대였지. 하지만 난 발목을 잡지 않았어. 난 시대에 저항했고, 저항하느라 아이를 혼자 키우려 노력했지만 그게 어디 맘대로 되는 일이야. 결국 나는 제프리 푸조 주니어를 소시지 공장에서 만난 친구들에게 맡겨 두곤 돈을 번다는 핑계로 방탕하게 살았지. 배운 것도 없고 애도 딸린 여자가 도시에서 할수 있는 일이 뭐가 있겠어. 불쌍한 제프리. 제프리가 어떤 아이였냐고? 사내답지 않았지. 제프리 푸조 주니어는 빌어먹을 제프리 푸조를 닮지 않았어. 소시지처럼 분홍빛인 아이였지. 또래 아이들보다 걸음을 늦게 걸었는데 신발을 좌우 바꿔 신고 걷는 걸 좋아했지. 콩과 시금치를 잘 먹어서 주변 사람들을 놀라게 했고. 퍼즐을 너무 잘 맞춰 천재인 줄 알았다니까."

"제프리를 마지막으로 본 게 언제예요?"

"몰라. 안 들려. 그놈은 내 엉덩이에 묻은 똥이야."

제프리 푸조 주니어. 여전히 오크 나무에 몸을 치대고 있는 노파를 향해 이든 머리의 원래 이름을 처음으로 불러 본 뒤 노트와 볼펜을 가방에 넣고 다시 걸음을 옮기지만 혀끝에 달라붙은 문장은 쉽게 사라지지 않는다. 이든 머리. 제프리 푸조 주니어. 약속만 하면 그는 나가지 않았다. 그는 나일까. 그런 일은 한 번도 일어난 적이 없다. 내가 누군가와의 약속을 어긴 적이 있었나. 나는 그런 사람이 아니다. 오히려 약속 시간보다 먼저 나간 적이 많았다. 어째서 내 머릿속의 문장은 나의 말과 행동과 다르게 튀어나올까. 나와 이든 머리가 달라붙었다가 떨어졌다가 다시 달라붙고 있다. 이든 머리. 그는 약속만 하면 나가지 않는 사람이다. 아니다. 약속을 하고 만날 사람이 없다. 그는 혼자다. 사회에서 고립된 사람이다. 엄마의 학대와 학교에서 따돌림을 당했다. 가끔 이유 없이 찾아오는 편두통 때문에 머리를 뽑고 싶은 충동에 시달렸다. 자신이 거짓으로 만든 약속 시간이 다가오면 너무나 초조한 나머지 누군가를 죽여야만 하는 정신이 이탈된 사람일 수도 있다. 가족력을 따져 보면 뇌전증 환자가 있을 것이다.

아니다. 그는 화목한 가정에서 자랐다. 아버지가 일찍 죽었지만 어머니의 보살핌으로 트라우마 농도는 진하지 않다. 머리는 좋지 않지만 노력한 만큼 보상이 돌아온다는 신념을 갖고 있고 이런저런 일로 약속을 하고 가끔 약속 시간에 늦는 지극히 평범한 샐러리맨이다. 노후와 기후를 걱정하고 주말마다 늙은 어머니에게 안부 전화를 하고 사랑하는 아내와 두 아이 그리고 글로브라고 부르는 애완견이 있다. 그가 사람들의 뇌를 먹을 이유는 없다. 오가닉 타르타르 소스에 가장 잘 어울리는 게 뇌라는 것이 이유라면 이유다. 그는 찰스 로튼의 영화 「사냥꾼의 밤(The Night of the Hunter)」의 해리 파월과 닮았다. 내가 제일 좋아하는 영화다. 로버트 미첨이 연기한 해리는 내 소설에 나오는 살인자들의 원형이다. 이든 머리도, 스티븐 패러블도, 조지프 글라스도, 빅 버드도, 블라디미르 젤란스키도, 그리고 스탠리영 윌러스도 모두 해리의 얼굴을 조금씩 갖고 있다.

나는 어제 그린과 약속을 했고 약속 시간보다 훨씬 이르게 도착할 것이다. 언어의 수증기로 뜨거워진 머릿속을 식힐 겸 일찍 집에서 나온 것이다. 집을 나서기 전 이슈 스포터(issue spotter) 리포트 준비로 며칠 동안

쪽잠을 자고 있는 차미가 외출복을 입고 있는 나를 뒤에서 끌어안고 혀로 내 목을 핥았다. 차미의 혀는 작고 도톰하고 부드럽다. 차미에게 어울리는 동물을 아직 본 적이 없다. 한국의 제주아일랜드에 살았다던 전설의 동물 솔랑쥐는 내가 아니라 차미일 것이다. 삶이 변화의 연속이라는 말은 믿을 수 없지만 차미를 만난 뒤로, 정확히 말하면 차미가 나의 집에서 살 게 된 뒤로 내 삶이 다른 방향으로 흘러가고 있다. 그 끝이 희극인지 비극인지 알 수 없지만 차미는 내 삶의 한가운데를 달리고 있는 이름 붙일 수 없는 동물이다. 그레이트 미스터리 나이트가운을 걸치고 있는 차미의 머리는 잠에서 깬 그대로 헝클어져 있었다. 나는 차미의 머리 속에 손을 넣어 더 헝클어뜨렸다. 키스를 하자 침 냄새가 적당히 섞인 코코넛밀크 맛이 났다.

"달아. 뭘 먹은 거야?"

"솔랑쥐 곳자왈. 왈 왈 왈."

차미가 강아지처럼 으르렁대며 나에게 얼굴을 들이대자 나는 나이트가운 속으로 손을 넣어 차미의 가슴을 만졌다. 모델처럼 길고 마른 몸이었지만 가슴이 도톰하고 근사했다. 선홍빛 유두와 작은 돌기들이 있는 유륜을 빨아 주면 차미는 아기가 되어 자지러진다. 치열과 덧니가 드러나도록 미소를 짓는다. 언젠가 그 미소도 사라지게 될까.

"햇볕 좀 쬐어. 너 너무 하얘. 오후엔 뭐 할 거야?"

"서니 체어. 공부. 쉣. 스웻. 음악. 공부. 쉣. 스웻. 요가. 공부. 쉣. 스웻. 스윗. 사과 사 와."

"oh, shit. sweat. sweet."

별 어려움 없이 영어로 대화를 할 수 있지만 가끔 차미는 이제 막 언어를 배운 아이처럼 문장 대신 단어를 선택해 말한다. 그럴 때 나는 녹아내리고 만다. 사랑이란 문법의 규칙을 깨고 유아기로 돌아가 그들만의 언어를 만드는 것이라고 책에서 읽은 기억이 난다. 그렇게 말했던 철학자가 누구였더라. 차미와 나는 다른 피부와 다른 언어를 갖고 있고 생리 주기와 통증 방식도 다르다. 이 차이가 차미와 나를 더 달라붙게 만든다. 모든 규칙을 깨라. 규칙이 깨진 자리에 너의 사랑이 있다. 솔랑쥐 앤블랙은 썼다.

"정말 당신과 살아도 돼요?"

"당신이 필요해요."

"모르겠어요. 나에게도 당신이 필요한지."

"나는 보기보다 약해요."

"나도 당신을 좋아해요."

"함께 이겨 내요."

"나는 보기보다 강해요."

"같이 살아도 속옷은 따로 입어요. 너무 커서 맞지
도 않겠지만."

"가끔 내가 미쳐도 이해해 줘요."

차미가 작은 트렁크를 들고 온 날 밤, 나는 잠든 차
미를 바라보며 흥분이 가라앉은 뒤 스멀스멀 올라오
는 죄의식에 사로잡혔었다. 이런 관계를 어떻게 설명
하고 이해하고 받아들여야 할까. 그린과 제니퍼에게
뭔가 두서없이 마음을 털어놓고 싶다가도 오해만 불
러일으킬 것 같아 그만두었다. 그들은 이해할 수 없을
것이다. 이해한다고 해도 나에겐 아무런 도움이 되지
않을 것이다. 나에게 죄가 있다면 나의 죄를 용서해 줄
대상도, 용서를 받을 기회도 없는 것이다. 대상과 기회
가 있었다면 애초에 나의 죄는 성립이 되지 않는다. 죄
를 덮어 두기 위해 나는 차미를 더 사랑하고 더 많은
사람을 죽여야 한다. 나의 죄는 허구의 폭력과 피로 치
유될 것이다. 나는 더 욕심을 내고 싶다. 무엇을 위한

욕심이고 누구를 위한 욕심인지 알 수 없지만 욕심을 내고 싶다. 서로 다른 크기의 단추를 모아 놓은 듯한 차미의 발가락에 하나씩 입을 맞췄다. 짜고 단 맛이 혀 끝에 달라붙었다.

나는 내 식대로 차미는 그의 방식대로 살아가면 된다. 언젠가 감정은 닳아 무뎌질 테지만 마모된 감정을 또 다른 송곳으로 찌르면 안 된다. 가끔 보이는 차미의 깊고 서늘한 눈빛. 그것까지 가지려고 하는 욕망을 버려야 한다. 그렇다. 그건 분명 욕심이 아니라 욕망이다. 차미의 눈빛이 나의 욕망을 건드리면 끝장이다. 나는 결국 이렇게 말할 것이다.

"제발, 현실과 허구를 구분해 줘."

그 말을 차미에게 절대 해서는 안 된다. 문득문득 솟아오르는 죄책감에 차미가 준 모나미 153 볼펜으로 손등을 찍곤 한다. 현실의 차미와 차미의 언니. 허구의 아모리타 로즈와 스티븐 패러블. 차미의 언니는 아모리타 로즈를 모른다. 아모리타 로즈는 차미의 언니를 모른다. 차미의 언니는 스티븐 패러블을 모른다. 스티븐 패러블은 차미의 언니를 모른다. 차미는 아모리타 로즈도 스티븐 패러블도 모른다. 그들은 영원히 만날 수 없다. 내 머릿속에서만 네 명의 인물이 현실과 허구의 경계를 넘으려 하고 있다. 어쩌면 스티븐 패러블은 차미의 언니를 죽인 사람인지도 모른다. 내 소설의 모든 살인자가 차미의 언니를 죽였는지 모른다. 차미가 처음 내 앞에서 눈물을 흘렸을 때 나는 차마 언니의 죽음이 내 세 번째 소설의 피해자인 아모리타 로즈의 죽음과 닮았다고 말하지 않았다. 말할 수 없었다. 그건 사실이 아니기 때문이었다. 보다 정확히 말하면 앞뒤가 바뀐 사실이기 때문이다. 허구로 왜곡된 사실이다. 그렇다. 나는 《The Baltimore Noon》에 실린 동양 여자의 살인 사건 기사를 읽고 소설을 구상해 쓰기 시작했다. 볼티모어를 루이지애나로, 폐차장을 폐수처리장으로 고치고, 동양 여자를 나와 같은 아프로라틴계 여자로 바꿨다. 이십 대에서 십 대 후반으로 나이를 낮춰 충격의 강도를 더하게 만들었고 2002년의 이야기를 내가 초경을 시작한 1984년으로 바꾸자 피 냄새 나는 리얼리티가 확보되었다. "날카로운 흉기에 의해 왼쪽 가슴이 절반쯤 도려졌다."라는 문장을 "통조림 따개로 오른쪽 가슴을 천천히 도려냈다. 그건 인내심을 요구하는 작업이었다."라고 고치고 나서 만족하기도 했다. 콘웨이 트위티와 로레타 린이 부른 「Louisiana Woman, Mississippi Man」을 배경 음악으로 틀어 놓고, 통조림 뚜껑이 열리듯 탐욕스러운 언어 괴물에 사로잡혀 순식간에 소설을 써 내려갔다. '기술 시대의 살인'이라는 거창한 제목을 달고 2002년의 시점으로 십육 년 전의 살인을 회상하는 살인자의 가짜 일기로 이루어진 소설은 나의 첫 베스트셀러가 되었고, 그레이트(Great)보다 더 멋진 '그레이트(Grate) 미스터리' 상을 받았고, 상을 주관하고 있는 캐나다 출판사 '상솔레이(SANSSOLEIL)'로부터 전속 계약을 맺었다. 내가 'Don't Die!'라고 쓰인 오렌지색 격자무늬 나이트가운을 입고 멋쩍게 웃으며 사진을 찍고 있을 때 차미는 마르지 않는 눈물을 훔치며 언니의 흔적을 찾아 발이 부르트도록 낯선 거리를 헤매고 다녔을 것이다.

차미를 처음 만난 것은 그린의 변호사 사무실 오픈 파티에서였다. 소송 건수보다 변호사가 많다는 것을 잘 알고 있을 텐데도 그린은 주검사보 자리를 버리고 자산가인 캐럴 아버지의 도움으로 볼티모어 시내 한복판에 사무실을 차렸다. 나의 자랑인 그레이트 미스터리 나이트가운의 'Don't Die!'에서 아이디어를 얻어 유치하기 짝이 없게도 'Don't Stand!'라는 선전 문구를 내걸었다. 여느 날처럼 만나자마자 제니퍼와 그린이 티격태격했다.

"구린내 나는 주검사 똥구멍이나 쳐다보는 것도 지쳤고 어차피 연방검사 되기도 틀렸어. 더 나이들기 전에 좋은 일을 하고 싶어."

"그래 봤자 이혼 소송이나 하겠지."

"애들이 있으니까 삶이 달라 보여. 아이들을 위해서도 공정한 이혼 절차가 필요하다고. 나 나름의 사회적 정의를 실현하는 거야."

"가운데 주머니가 얼마나 두둑해지는지 보겠어."

"축하하러 온 거야, 욕하러 온 거야?"

"캐럴한테나 더 신경 써."

"에헹, 캐럴이 왜?"

"이제 자위할 때 네 생각이 안 난대."

"이런 젠장. 네가 그걸 가르친 거야?"

"너는 캐럴에 대해 정말 몰라."

"그래서 무슨 상상을 한대?"

"푸어 그린. 푸어 그린."

"망할 제니퍼."

"Poor. Pure. Pour. 바보들, 그만 좀 해."

복화술로 말을 한 뒤 내가 와인 잔을 들어 건배를 청하자 둘은 미소를 지었다. 제니퍼가 그린의 엉덩이를 툭툭 치며 기분을 풀어 주었다. 우리들은 대학 시절 동부 지역의 독서 모임인 'East Trouble'에서 만났다. 성격과 전공이 달라 친해지기까지 쉽지 않았지만 연인이었다가 헤어졌다가 하는 우여곡절 끝에 이십 년 가까이 시간이 흘러 각각 볼티모어의 삼각형을 이루는 꼭짓점이 되었다. 우리들은 만나기만 하면 질 나쁜 대마초를 나눠 피우는 기숙사 룸메이트 같은 대화를 하며 주름져 가는 육체에 저항하기 위해 어리광을 부렸다. 우리 중 가장 나이가 많지만 젊음을 유지하고 있는 것은 제니퍼다. 여자와 남자를 번갈아 가며 사귀는 제니퍼의 왕성한 성적 취향에 그린과 나는 혀를 내두를 뿐이다. 철없던 시절 그린과 나는 제니퍼를 파트너로 만난 시간이 있지만 이상하게도 헤어지고 나서 증오나 질투보다는 적당한 거리를 둔 가족 같은 편안한 기분이 들었다. 사람을 들었다 놓았다 하면서도 약에 취한 듯 구름 위를 걷는 것 같게 만드는데 다른 시대에 태어났다면 꽤나 유명한 치유사가 되었을지도 모르겠지만 지금은 중산층 부인네들의 성적 불만을 상담해 주는 일을 하고 있을 뿐이다.

"넌 언젠가 나에 대해 아주 나쁘게 쓸 거야."

조깅과 채식으로 다져진 몸을 꼿꼿이 세운 채 눈을 똑바로 뜨고 나에게 뼈에 사무친 말을 내뱉기도 했는데 아마 그런과 다른 사람들에게도 비슷한 적의의 말을 했을 것이다. 제니퍼는 한 번도 젖을 물려 본 적 없는 엄마 같기도 하고, 동생이 아끼는 옷을 눈앞에서 찢어 놓는 언니 같기도 했고, 테디베어처럼 폭신한 쿠션이기도 했다.

덱스터 고든의 「What's New」가 중산층들의 상징 음악처럼 들리는 가운데 창가에서 레몬소다를 들고 기다란 몸을 천천히 움직이고 있는 동양인이 눈에 띄었다. 음악에 따라 흔들리고 있는 건지 음악을 거부하는 몸짓인지 알 수 없었다. 긴 검은 머리에 플란넬 블라우스와 회색 스커트를 입고 있었는데 몸의 관절마다 나사가 조금씩 풀어진 듯 움직이고 있었다. 무슨 일인지 시선이 텅 비어 보였고 텅 빈 시선 속으로 부리가 뾰족한 작고 검은 새 한 마리가 깃털을 날리며 날아들었다. 마른 장작 같은 다리 아래로 파란색 구두가 유난히 빛을 발하고 있었다. 제니퍼가 와인 잔을 흔들며 말했다.

"저 여자가 그 여자인가 보네. 동양 여자는 아무리 봐도 눈이 참 묘해. 오해하지 마. 레이시즘이 아니라 정말 묘해서 그런 거니까."

"그 여자라니?"

"코리아 몰라?"

"노스? 사우스?"

"너 바보야?"

나는 모른 척 시치미를 떼고 농담을 내뱉으며 뛰고 있는 심장을 진정시키려 했다. 그렇다. 나도 저 한국 여자를 잘 알고 있었다. 희생된 여자의 동생이었다. 당시 그 사건을 맡은 그린의 말에 따르면 사건이 미해결로 종결되고 연고자를 찾지 못해 시에서 임의로 시신을 처리했다. 당시 거의 모든 경찰 인력과 언론의 포커스가 볼티모어 갱들의 마약 전쟁에 집중되어 있었고, 사람들의 불안을 잠재우고 여론이 악화되는 것을 막기 위해 서둘러 덮은 것이다. 누가 봐도 동양 여자에 대한 냉대와 무관심이 작용했다고 볼 수 있었다. 한참 뒤에야 우여곡절 끝에 피해자의 동생이 찾아와 울면서 하소연을 했는데 서툰 영어 때문에 무슨 말인지 잘 알아듣기 힘들었지만 여자의 사정을 이해할 수 있었다고 한다. 여자는 반복적으로 "She's not a hooker!"라고 말했다고 한다. 물론 이것은 순전히 그린의 말에 따른 것이기에 어디까지 믿어야 할지 알 수 없지만 그때 이미 그린은 여자에게 마음을 빼앗겼을 것이다. 누구라도 그랬을 것이다. 금방 무너질 것 같은 사람 앞에서 흔들리지 않을 사람이 있는가? 있다! 그런 인간들이 이 세상을 장악하고 있다. 그렇다면 이 세상은 인간이 아닌 괴물들이 쥐고 흔들고 있고, 나는 그 괴물들의 가면을 벗기기 위해 문학적 메타포로 범죄를 택해 글을 쓴다고 그레이트 미스터리 상을 받을 때 목소리를 떨며 수상 소감을 말했었다. 나 역시 괴물을 흉내 내고 있을지 모르겠다는 말은 하려다 그만두었다. 말을 해야 했나. 말을 하지 않았기에 나 역시 괴물임을 증명한 셈이 된 것이다.

괴물이 되어 이미 소설의 초고를 끝낸 뒤였지만 피해자의 동생이 나타났다는 말을 전해 듣고 나는 알 수 없는 감정에 휩싸였다. 여자의 이야기와 나의 소설은 하나의 모티브만 공유하고 있었지만 마치 내가 살인

현장을 목격한 사람처럼 느껴져 여자로부터 달아나고 싶은 동시에 그를 만나고 싶기도 했다. 여자의 왼쪽 뺨에 상처가 없다면 상처를 내고, 상처가 있다면 오른쪽 뺨에 상처를 내고 싶은 것인지도 몰랐다. 결국 여자를 만나지는 않았지만 소설을 쓸 당시 그린으로부터 알게 모르게 사건의 기록들을 주워들어 이야기를 풍성하게 만들었다. 그린은 거리를 유지하면서 여자가 안정을 되찾아 다시 한국으로 돌아갈 수 있기를 바랐지만 여자는 한국행을 포기하고 로스쿨에 진학했다. 아마 그린의 제안과 도움이 있었을 것이다. 그 대가로 여자는 그린에게 무엇을 제공했을까. 생각하고 싶지 않고 물어보고 싶지 않다. 그린은 그런 사람이 아니다. 그런 사람이 아니라고 생각할수록 그런 사람이 되어간다. 생각하지 말아야 한다. 여자는 로스쿨을 다니면서 그린의 사무실에서 틈틈이 일을 배우고 있던 것이다.

잠시 후 그린이 사람들에게 여자를 소개해 주었지만 그들은 건성으로 인사를 하거나 위아래로 훑어볼 뿐이었다. 캐럴은 남편이 모델 같은 동양 여자의 손목을 잡고 다니며 사람들에게 소개하는 걸 눈치채지 못할 정도로 한쪽은 칭얼대고 한쪽은 뛰어다니며 장난을 치는 쌍둥이 때문에 정신이 없어 보였다.

"제니퍼라고 해요."

"안녕하세요. 이차미예요."

"차미. 내가 말한 적 있지? 이쪽은 소설가 솔랑쥐 앤블랙. 너무 끔찍해서 추천하고 싶진 않지만. 에헹."

내가 딴청을 피우고 있자 그린이 나서서 소개했다. 나의 착각인지 모르지만 소설가,라는 말에 여자의 눈이 잠시 반짝이는 것이 보였다. 내 손엔 땀이 배어 있었다. 악수를 하자 손가락 하나를 세워 손바닥을 긁는 것처럼 미약한 전류가 흘렀다.

"반가워요. 나의 증조할머니도 한국 사람이에요."

"안녕하세요. 이차미예요."

그 순간 왜 그런 말이 나왔는지 모르겠다. 누구에게도 하지 않던 말이었다. 나의 말에 여자는 이제 그런 건 자신과 아무 상관 없다는 듯 어떤 표정 변화도 보이지 않고 또박또박 발음을 끊어 인사를 하곤 자리를 피했다.

"정말이야?"

제니퍼가 나를 빤히 쳐다보며 말했다. 입술 옆에 와

인 자국이 남아 있었다. 한때 나는 그 와인 자국을 입으로 핥아 주기도 했다. 쓰고 달았던 기억이 다시금 떠오르려고 했다. 방종한 것처럼 보이는 성적 편력에도 불구하고 빈틈이 없을 정도로 삶의 균형과 외형적 자세를 유지하고 있지만 제니퍼는 유독 와인을 마실 때마다 입가에 붉은 얼룩을 남기곤 했다. 베일 정도로 날카롭게 칠한 립스틱과 대조적으로 보이는 와인 자국을 볼 때마다 그것 역시 의도된 연출일지도 모른다는 생각이 들기도 했다.

"정말이냐고?"

제니퍼가 내 옆구리를 팔꿈치로 툭 치며 다시 물었다.

"뭐가?"

"너의 증조할머니가 한국 사람이라는 게 말이 돼?"

"믿을 수 없지만 사실이야."

"왜 그런 얘기를 하지 않았어? 왜 숨기고 있던 거야?"

"숨기다니. 아무도 물어보지 않았잖아."

"저 여자도 물어보지 않았어."

"흥분하지 마."

"넌 저 여자에게 빠지고 말 거야."

"말도 안 돼."

"내 눈은 못 속여."

"앓느니 죽지."

"불쌍한 솔랑쥐. 얼굴이 빨개졌잖아."

"쳇, 입술이나 지워."

"됐고. 증조할머니 얘기 좀 해봐."

제니퍼의 성화와 애교에도 불구하고 나는 이야기를 꺼내지 않았다. 증조할머니라니. 내가 그에 대해 생각한 적이 있던가. 어디서부터 시작해야 할지 알 수 없다. 이런 이야기라면 쥐약이다. 이야기를 해 봤자 넌 말을 참 못해, 그래서 어떻게 소설가가 된 거야,라는 핀잔을 다시 들을 수도 있다. 대학 시절 독서 모임을 할 때도 모두 제니퍼의 날카로운 달변에 넋을 잃었지만 나의 두서없고 빈정대는 말투에는 지루한 표정을 지을 뿐이었다. 작가란 말을 잘하는 사람이 아니라 오히려 말을 잘 못하는 사람이라고 실패한 말 때문에 글을 쓰는 거라고 어떻게 설명할 수 있을까. 어떤 사실에 대해 조리 있게 말할 수 있는 능력이 나에게는 없다. 아니 어쩌면 그건 능력이 아니라 마음의 문제일지도 모른다. 말을 할 때마다 이게 사실이 아니면 어쩌지 하는 불안에 시달려 언어와 문장의 규칙을 잃어버려 이야기를 조각내고 만다. 결국 이야기의 끝에 가서는 이야기를 시작하게 된 이유조차 모르게 되고 상대방이 가진 최초의 호기심도 푹 꺼지게 된다. 남는 것은 말에 오염된 초조한 시간뿐이다. 그럴수록 나는 발화 언어가 아닌 문학 언어에 집착하게 되었다. "더 많은 오염을! 더 많은 언어를!! 더 많은 오염된 언어를!!!" 아르헨티나 시인 리카르도 메모리아는 썼다. 민중들은 정치적 구호로 그 말을 사용했지만, 진정한 시의 언어는 정치적 현실을 거쳐 오염된 상태로 다시 언어 그 자체로 돌아와야 한다고 리카르도 메모리아는 덧붙였다. 많은 작가가 비슷한 말을 했고, 특히 언어에 천착한 모더니스트들이 일상적이고 정치적인 말의 불가능성을 시와 소설로 때로는 희곡으로 증명하려다 실패했다. 그들처럼 작품에 직접적으로 표현하거나 형식적이고 언어 실험적인 작품을 쓴 적은 없지만 나 역시 같은 고민에 시달리곤 한다.

말을 할수록 사실에서 멀어진다. 사실에서 완전히 멀어져 사실의 세계를 떠나면 좋겠지만 그렇게 되지도 않는다. 사실의 언저리에서 머뭇거리며 돌고 있을 뿐이다. 말과 달리 소설은 언어가 쌓여 갈수록 다른 사실을 만들어야 한다. 더 근사한 단어가 있을지도 모르겠지만 다른 사실이라고 표현할 수밖에 없다. 토막 나고 분절된 언어의 배열이라고 해도 그것이 사실 자체가 되는 것이다. 다른 사실이 현실의 거울이 되어 소설이 시작되기 전의 현실 세계를 일그러뜨리며 비춰 볼 수 있게 된다. 때론 너무 일그러져서 형체를 알아보기 힘들고 남은 것은 언어의 잔해와 얼룩뿐이다. 그렇더라도 이건 사실이 아니다,라고 생각하며 글을 쓰는 작가는 한 명도 없을 것이다. 이런 생각도 말로 설명을 하라고 하면 나는 또 잘 말하지 못할 것이다. 내가 복화술을 배운 것도 그런 심리적 원인 때문이다. 누군가 말을 하는 나의 표정을 살피는 것을 두려워했고 나에게도 가면이 필요했던 것이다. 말과 표정이 분리되고 충돌하는 사람. 언젠가 모더니스트들의 전복성과 기법을 흡수해 요설과 실어증 사이를 왔다 갔다 하는 언어장애 살인마에 대한 소설을 쓸 생각을 하고 있지만 실현될 가능성은 희박하다. 불가해한 마음과 불평등한 세계에 구멍을 뚫는 언어 그 자체로 남는 것도 쉬운 일은 아니다. 그 전에 괴물 같은 보편성과 대중성과 도덕성에 대한 재고가 필요하다. 그 괴물의 유혹에 빠지지 않고 동시대의 어둠을 읽고, 잘못 읽고, 다시 읽는 과정을 실험할 수 있을까. 차라리 문장에 피를 뿌리는 게 쉽고, 언제나 나는 쉬운 길을 선택했다. 나의 모더니티는 시작하지 않을 것이고, 시작하지 않으니 끝나지도 않을 것이다.

제니퍼와 그린 심지어 캐럴의 만류에도 불구하고 나는 편두통이 있다는 핑계를 대고 파티에서 일어났다. 피곤한 기색이 역력해 보이는 얼굴로 벽에 기대 있는 이차미와 눈인사를 주고받았는데 여전히 나의 착각일지 모르겠지만 그의 흔들리는 눈동자가 이렇게 말하는 것처럼 보였다.

"나도 데려가 줘요. 나를 데려가 남은 뺨에 상처를 내 줘요."

이차미가 따라오지 않을까 하면서도 뒤를 돌아보면 아무도 없을 것 같아 돌아보지 말아야지 하면서 걸었다. 밤거리는 차가웠고 마른 낙엽을 밟는 소리가 온몸으로 진동했다. 이름을 알 수 없는 낙엽이 유칼립투스가 아닐까 생각했다. 그럴 리는 없겠지만 지금 내 기분으로는 유칼립투스가 되어도 좋다. 내가 유칼립투스, 유칼립투스, 유칼립투스라고 반복해서 부르자 유칼립투스가 되는 것이다. 모든 언어는 세 번 이상 반복하면 의미가 생긴다. 그 의미는 머릿속에서 다시 소리를 만들고, 모든 소리는 음악이 될 수 있다. 어깨를 움츠리며 유칼립투스 거리를 걷다가 눈앞에 보이는 카페에 들어가 창가에 앉았다. 카페오레를 마시며 내가 한 번도 본 적 없는 사람의 이름을 불러 보려고 했다. 이름이 기억나지 않는다. 할머니가 증조할머니의 이름을 말해 줬던가. 고막라. 그 비슷한 이름이었던 것 같다. 중국 한자를 쓴다는 한국 사람들의 이름에는 저마다 의미가 있다고 하는데 무슨 뜻일까. 고막라. 고막라. 고막라. 세 번 반복해서 부르자 고막라가 언어의 음악이 되어 내 머릿속을 울렸다.

증조할머니 고막라는 코리아에서 멕시코 유카탄반도의 에네켄 농장의 노동자로 이민을 오게 되었다. 어린 소녀의 부모가 무슨 사연으로 이민을 결정했는지 모르겠지만 20세기 초의 시대상을 고려해 보면 허술한 노동 계약 조건만 믿고 반강제로 서명을 하고 끌려왔을 것이다. 밧줄이나 카펫, 가방 등을 만드는 에네켄

가공 산업이 멕시코 경제를 좌지우지할 정도로 막강해서 많은 외국인 노동자들이 이주했다고 한다. 그들의 노동과 생활 여건은 척박하기 그지없었다. 본토에 살고 있는 멕시코 인디오들 역시 강제로 땅을 빼앗겨 날품팔이 노동자인 '페온(peon)'으로 전락하고 말았다고 한다. 고막라의 어머니는 고된 노동과 향수병에 시달려 새로운 환경에 적응하기도 전에 시름시름 앓다가 죽고 여타의 많은 페온처럼 순박한 손을 갖고 있던 어린 고막라 역시 에네켄을 만진 손에 독이 올랐다가 수차례 피부가 벗겨지면서 뼈마디가 두꺼워지고 굳은 살이 박였을 것이다. 자신이 강한지 약한지 판단할 수도 없는 사이 반복되는 노동에 익숙해졌을 것이다. 누런 피부가 햇볕에 까맣게 타고 모국어는 노래로만 남고 차츰 스페인어에 길들여지게 됐을 것이다. 시간이 남으면 에네켄 실로 작고 예쁜 바구니도 만들었을까.

어떻게 고막라가 마누엘 모랄레스의 눈에 들어왔는지 알 수 없다. 마누엘은 농장주인 페드로 모랄레스의 둘째 아들이었다. 말이 없고 유약한 성격에 음악을 사랑하는 청년이었지만 아버지의 권유에 못 이겨 유카탄의 수도인 메리다에서 무역 공부를 하고 있었는데, 몇 년 만에 고향에 왔다가 작은 체구와 신비한 표정을 가진 고막라를 보고 첫눈에 사랑에 빠진 것이다. 어떻게 첫눈에 사랑에 빠질 수 있을까. 그 시대에는 그런 일이 정말로 일어나기도 했나 보다. 그 사랑에는 경제적으로 부유한 청년이 가진 정신적 공허함과 비천해 보이는 대상에 대한 동정심이 상당 부분 작용했을 것이다. 둘은 시간을 쪼개 몰래 데이트를 즐겼고, 한적한 풀밭에서 조바심에 몸을 섞으며 각자 자기 나라의 노래를 불러 주었을 것이다. 둘은 어떤 미소를 지었을까. 언젠가 사라질 미소 속에서 둘은 서로를 끌어안았을 것이다.

결국 고막라는 마누엘의 아이를 임신하게 되고 모랄레스 집안으로 입성하게 되었다. 한참 가뭄이 지던 때라 아이의 이름은 비의 신인 차크라고 지었는데 차크의 상징인 긴 코와 둥근 눈을 닮기도 했다. 모랄레스 가문은 아이는 받아들였지만, 눈이 찢어지고 치열이 고르지 못한 고막라는 몸조리가 채 끝나기도 전에 쫓아내고 말았다. 다만 페온의 신분에서 벗어나 아버지와 함께 자유의 몸이 되도록 풀어 주었고, 마누엘은 아버지 페드로의 명령으로 다시 메리다로 떠났다. 한

동안 농장 주변을 배회하며 울고 다니던 고막라는 하인들의 비난과 협박에 못 이겨 어느 날 사라져 버렸다. 결국 고막라의 딸 차크는 모랄레스 집안의 첫째 아들인 세자르 모랄레스의 딸로 세례를 받게 되었다. 차크가 이제 막 걸음을 뗄 무렵 당시 멕시코 혁명의 여파로 위협을 받고 있던 모랄레스 집안은 농장을 처분하고 미국인 사업가의 도움으로 루이지애나로 이민을 가 새 삶을 시작했다. 오랜 시간이 흘러 그나마 마음씨 좋은 큰엄마 로자 델 마소 모랄레스 부인이 병에 걸려 죽기 전 털어놓은 이야기를 통해 차크는 출생의 비밀을 듣게 되었다. 혁명군에 가담한 마누엘은 제대로 싸워 보지도 못하고 계곡에서 실족사했고, 고막라와 그의 아버지의 생사는 알 수 없다고 전하며 나의 또 다른 증조할머니 로자는 할머니 차크의 얼굴을 어루만지며 눈물을 흘렸다고 한다. 모든 것이 한순간에 무너진 것은 아니었지만 할머니는 어느 정도 정신적 혼란을 느꼈을 것이다.

마누엘 가문의 가장 하얗고 영리한 아이였던 할머니는 친구들과 뉴올리언스 재즈바 'Crazy Mute'에 놀러 갔다가 롱콘 빅밴드에서 「Careless Love」를 클라리

넷으로 연주하던 멋쟁이 우디 모리슨을 만나 결혼했고, 우리 집안의 피부색은 다시 검어지게 되었다. 할머니는 어린 나를 재우면서 두 명의 증조할머니 이야기를 들려주었다. 당시에는 그게 무슨 이야기인지 알 수 없었고, 지금도 나는 그것이 무엇을 말해 주는지, 내 삶에 어떤 영향을 끼치는지 알 수 없다. 어쩌면 할머니가 지어낸 이야기는 아닐까, 의심한 적은 없지만 그럴 가능성이 없는 것도 아니다. 아니다. 나의 증조할머니는 두 명이다. 내 몸속에는 한국인의 피가 옅게나마 흐르고 있다. 이 사실을 나는 어떻게 설명해야 할지 모른다. 이 이야기는 요약될 수 있는 이야기일까. 얼마나 더 많은 이야기들이 밝혀지지 않은 채 가라앉아 있는지 나는 모른다. 내가 어떻게 알겠는가. 만지면 가시가 돋는 이야기가 있다. 나는 이 이야기에서 누가 죽었는지 누구를 죽여야 할지 모른다. 모른다고 하고 도망치고 싶지만 무언가 나의 발목을 잡는 것이 있다. 이차미에게 나는 그 이야기를 하게 될까. 이차미는 그 이야기를 궁금해하게 될까. 모르겠다. 알 수 없는 일이 있다. 말할 수 없는 이야기가 있다.

　　그날 나는 카페를 나와 오랜만에 이차미의 언니가

발견된 폐차장 근처까지 걸어갔다. 누군가 어둠 속에서 튀어나올 것 같았지만 걸음을 멈출 수 없었다. 폐차장 자리엔 래빗버거빌 체인점이 들어서 있었다. 나는 그곳으로 들어가 손에 기름을 잔뜩 묻혀 가며 콩 튀김을 입에 쑤셔 넣었다.

"한 시간 정도 더 기다려 줄 수 있어?"

그린의 메시지가 도착한다. 나는 그린에게 다음에 보자고 답을 보낸다. 애초에 그린을 만나야 할 특별한 이유는 없었다. 그린의 말대로 소설이 잘 풀리지 않아 그에게 투정을 부리고 우연적인 조언을 얻고 싶었던 것이다. 제니퍼에게 연락을 하려다 그만둔다. 제니퍼는 언제나 위험하다. 여전히 제니퍼의 말 한마디 한마디가 자극이 되고 나를 단련시키지만 지금은 아니다. 그 마음의 한편에는 제니퍼를 대상으로 한 소설을 쓰고 싶은 욕망이 있기 때문이다.

"넌 언젠가 나에 대해 아주 나쁘게 쓸 거야."

제니퍼는 눈빛으로 나를 밀어내며 말했었다. 아니다. 지금 내가 보고 싶은 것은 차미뿐이다. 차미를 만나기 위해 나는 차미가 있는 집에서 나와 차미를 생각하며 거리를 헤매다 차미가 있는 집으로 돌아가는 것이다. 나는 차미와 어떤 약속을 할 수 있을까. 나는 여전히 증조할머니 고막라가 증조할아버지 마누엘 모랄레스와 어떤 약속을 했었는지 모른다. 나의 할머니 차크 모랄레스가 할아버지 우디 모리슨과 어떤 약속을 했었는지 모른다. 나의 어머니 매기 윈터스가 아버지 빅 모리슨과 어떤 약속을 했었는지 알 수 없다. 알 수 없는 게 너무나 많다. 이든 머리가 어디로 갔는지 알 수 없다. 그는 다시 나타나지 않을지도 모른다. 새로운 먹이를 발견할 때까지.

차미가 보고 싶다. 이든 머리를 찾고 싶다. 두 문장은 연결되지 못한다. 평행을 이루며 각각의 다른 문장이 이어지기를 기다린다. 어디선가 동물의 배설물 냄새가 난다. 빗방울이 갑자기 떨어지는 상상을 한다. 비에 흠뻑 젖은 채 돌아다닐 수 있다. 보다 좁고 어두운 곳으로 걸어가 볼까. 간판이 떨어진 모텔에 들어가 스프링 소리가 나는 침대에 몸을 던지고 싸구려 위스키를 마시고 질 나쁜 대마초를 피우며 잠들어도 좋다. 얼룩진 크림색 시트에 불이 붙게 될까. 불의 머리들. 재의 언어들. 너의 이야기를 해라. 너 자신에게 충실해라. 다른 사람의 삶을 조롱하지 말아라. 플로라 시몬은 썼다. 언어의 빛이 들어오지 않는 축축하고 냄새나는 구석까지 나를 몰고 가야 한다. 다시 언어의 빛이 스며들 때까지. 플로라 시몬은 계속 썼다.

"쉣. 스윗. 스윗. 사과 사 와."

차미의 목소리가 나의 발작적 불안을 깨운다. 길모어 스트리트에 가서 애라버(arabber) 사과를 사야 한다. 언젠가 소설의 배경을 만들기 위해 웨스트사이드 빈민가를 가야만 했었다. 동양 여자는 특히 더 조심해야 하기에 차미를 부랑자 남성으로 변장시켜 함께 나갔다. 우리는 터져 나오는 웃음을 참지 못해 낄낄거리며 걷다가 우연히 마주친 전통 과일 마차 애라버에서 사과를 사 먹었었다. 차미는 그 맛에 빠져들었다. 내가 웃으며 말려도 차미는 사과의 뼈까지 갉아 먹었다. 내일 글을 쓰고 있는 내 모습을 본다. 로스쿨 리포트를 끝낸 차미가 콧노래를 부르며 내가 좋아하는 한국 잡채를 만드는 걸 본다. 차미는 사과의 밑동을 손가락으로 간지럽히다가 한 입 깨물 것이다. 사과즙이 차미의 입술과 턱을 타고 흘러내릴 것이다. 나는 그것을 핥아 먹을 것이다. 미리엄 알터의 「Come With Me」를 들으며 우리는 침대 모서리에서 사랑을 나누고 우리의 발아래로 사과 씨가 떨어질 것이다.

빗방울이 떨어지지 않는다. 볼티모어 갱들이 거리에서 총격전을 벌이지 않는다. 가난한 연인이 블랙엠마 북스토어에 앉아 하릴없이 시간을 보내지 않는다. 이제 막 정신병원에서 풀려나온 남자가 비닐봉지가 가득 담긴 수레를 끌고 지나가지 않는다. 양말을 뒤집어 신은 아이가 술에 취해 잠든 엄마의 귀를 잡아당기지 않는다. 한 달째 같은 속옷을 입고 있는 여자가 마지막 약을 흡입하지 않는다. 떠돌이 개가 갈 곳 몰라 하지 않는다. 왼손으로 오른쪽 뺨을 어루만진다. 온기가 없다. 동물의 배설물을 밟은 적이 언제였나. 나는 고개를 흔들었다.

"사과 물고 일찍 갈게 (ᵕ) ♡."

차미에게 메시지를 보낸다. 나는 지금 사과를 사러 가고 있다. 애라버 사과를 사러 가자. 계속 걸어가자. 메시지 벨이 울린다.

"솔랑쥐, 오늘 저녁에 뭐 해?"

제니퍼의 메시지를 읽는다. 나는 복화술로 대답한다.

"제니퍼, 너는 곧 죽을 거야."

4부_____제니퍼와 빈센트 그리고 줄리

"우리는 모래 속에 파묻힌 물고기야, 테스트, 우리는 모래 속에 파묻힌 물고기야, 테스트 계속, 내가 말하고 있지, 내 목소리가 잘 들려, 물음표, 나의 말끝에는 항상 물음표가 맺혀 있어, 듣고 있어, 물음표, 당신이 왔군, 계속 있었지만 이제 왔군, 더 멀리서 천천히 올 줄 알았는데 너무 빨리 오고 말았어, 이미 왔지만 다시 왔고 앞으로도 계속 올 거야, 당신이 온 거야, 이미 온 당신과 이제 막 온 당신과 계속 오고 있는 당신과 앞으로 올 당신, 그리고 영원히 오지 못할 당신, 말해야지, 말한다, 잘 들리지, 물음표, 당신에게 말하고 있어, 나는, 모두에게 말하고 있어, 지금 당신은 하나지만 곧 모두가 될 거야, 단 하나의 이름으로 당신은 모두가 될 거야, 근사한 일이지, 이름이 불린다는 것은, 입을 동그랗게 모으거나, 입술을 깨물거나, 혀로 윗니를 치거나, 침을 모아 이름을 부른다는 건, 근사한 일이 될 거야, 나의 혀끝으로 당신의 이름이 모이고 있어, 혀를 반쯤 내밀고 입술을 닫으면 혀가 마르고, 혀가 마를 동안 당신의 이름에는 물음표가 맺히게 될 거야, 딱 터뜨리기 좋을 만큼의 크기로 물음표가 맺힐 거야, 물음표에 내 얼굴이 비칠까, 지금 당신의 초록색 눈동자에 내 얼굴이 비치는 것처럼, 내 얼굴은 자신이 없어 보이는군, 자신이 없는 얼굴로 나는 당신의 이름을 말하겠지, 곧 그렇게 될 거야, 앞으로 벌어질 일들을 미리 말한다는 건 부끄러운 일이지만, 당신처럼 부끄러움을 모르는 사람은 모를 거야, 모르는 게 좋아, 나는 계속 부끄러움을 느끼고, 당신은 부끄러움도 모른 채, 계속 가는 거야, 이름을 부르면 이야기가 시작되는 거야, 끝으로 향해 가는 거지, 나는 당신을 부를 수 있어, 나만이 당신을 부를 수 있어, 지금이야, 지금이 아니었지만 지금이야, 지금 모두가 당신을 부르고 있을까, 지금 모두가 당신을 부르고 있어, 지금 모두가 당신을 불러야 해, 지금 모두가 당신을 부르고 있지, 당신은 대답할 수 없고,"

"당신의 이름, 당신의 풀네임, 나는 이름보다 풀네임이 좋아, 우리는 모래 속에 파묻힌 물고기야, 당신은 결코 우리가 될 수 없고, 제니퍼 린 스콧, 이것이 당신의 풀네임이야, 당신의 눈썹이 올라가는군, 이제 나는 당신을 당신이라 부르지 않을 거야, 당신이란 호칭은 너무 다정하거나 지나치게 위협적이고, 한번 내뱉은 이름은 주위 담을 수 없어, 이름은 계속 더럽혀질 거야, 제니퍼 린 스콧, 경멸과 증오의 이름으로, 제니퍼는, 제니퍼가, 제니퍼도, 제니퍼만, 제니퍼로서는, 제니퍼를, 3인칭으로 엿 먹일 거야, '마음이 심란하고 외로울 때 나와 대상을 3인칭의 이름으로 불러 보세요, 너무 멀리 있던 당신이 다시 가까이, 너무 가까웠던 당신이 조금 멀리로, 소중한 우리의 이름은 그렇게 마음의 거리를 유지하게 만들지요.' 내 기억이 맞는다면, 당신, 아니 제니퍼는 『마인드 슬립 ─ 현대인을 위한 필로우북』에서 썼지, 나는 책이 삶의 지혜를 가르쳐 준다고 믿지 않아, 대신 삶의 어리석음을 깨닫게 해주지, 당신의 자리에 제니퍼를 놓으면 어떤 일이 벌어지게 될까, 나의 목소리가 만들어 내는 길은 어느 방향으로 휘어지고 몇 갈래로 갈라지게 될까, 당신이 묶여 있는 의자가 들썩이는군, 제니퍼가 묶여 있는 의자가 들썩이는군, 두 문장의 차이가 모두의 마음을 들썩이

게 할 거야. 파도치게 할 거야, 파도가 떠난 자리엔 황
금빛 모래가 반짝이고, 우리는 모래 속에 파묻힌 물고
기야, 이 한마디를 하기 위해, 이 말을 지키기 위해, 이
말을 버리기 위해, 나는 계속 말하게 될 거야, 말하겠
지, 우리는 모래 속에 파묻힌 물고기야, 하지만 이렇게
바꾸고 싶기도 해, 우리는 모래 속에 파묻힌 물고기다,
구어체가 문어체로 바뀌는 거지, 대화체가 독백체로
바뀌는 거지, 부드러운 청유형에서 냉정한 단정형으
로 바뀌는 거야, 이게 맞나, 모르겠어, 단 하나의 대상
에서 불특정한 대상으로 언어가 이동하는 건가, 나는
이런 걸 배운 적이 없어, 대화의 방식, 문법의 구조, 언
어적 통찰, 사회적 함의, 미소의 권력, 권력의 미소, 그
런 건 나에게 어울리지 않는 것들이야, 지금 내 모습도
나에게 어울리지 않는 모습이지, 이렇게 말하는 것도
나에게 어울리지 않아, 나는 나에게 어울리지 않는 것
들만 한 것 같아, 지금도 마찬가지야, 지금은 9월 1169
일이야, 그날 이후 달력이 넘어가지 않아, 그렇게 나는
모두와 다른 시간 속에 살고 있고, 우리는 모래 속에
파묻힌 물고기야, 이 말은 정말 나에게 어울릴까, 내가
이런 말을 하게 될 줄 몰랐으니까, 나는 지금 말하고

있어, 말을 하고 있어, 당신의 눈동자가 흔들리는군, 당신의 눈동자가 흔들린다는 것은 내 얼굴이 흔들린다는 뜻이야, 흔들리는 얼굴로 나는 말해, 우리는 모래 속에 파묻힌 물고기야, 이 말을 계속 듣게 된다면 당신은 물고기를, 모래를, 파묻힌을, 그리고 우리를, 토하고 싶을 거야. 입속과 귓속에서 황금빛 모래알들이 터져 나올 거야, 알고 있어, 나의 말끝에는 항상 물음표가 맺혀 있지, 제니퍼 린 스콧, 대답하지 마,"

"나의 부끄러움, 나의 어지러움, 나의 흔들림, 나의 멀어짐, 나의 아득함, 나의 망막함, 모든 게 연습처럼만 느껴져, 무엇을 위한 연습인지도 모른 채, 모자를 잃어버린 겨울 사냥꾼처럼, 내가 이런 말을 하게 될 줄이야, 나도 모르게 말이 새어 나와, 이런 걸 문학적 수사라고 하나, 우연히 새어 나온 말이 계절을 변화시키네, 곧 눈이 내리겠군, 아직인가, 제니퍼는 듣게 될 거야, 아직이야, 제니퍼가 듣기 전에 나의 목소리가 끝날지도 몰라, 나의 목소리를 테스트하고 나의 인내심을 테스트하는 것이 맞는다면, 지금 제니퍼가 듣고 있는 것, 제니퍼는 끝까지 듣게 될까, 나의 인내심의 한계는 어디까지일까, 제니퍼가 끝까지 듣지 못한다면, 제니퍼는 궁금해하겠지, 그가 끝까지 하고 싶었던 말은 무엇이었을까, 우리는 모래 속에 파묻힌 물고기야, 아니 그 말은 아닐 거야, 그 말과 비슷한 말이라고 해도 그 말은 아닐 거야, 비슷한 것만큼 다른 게 어디 있어, 제니퍼는 생각하고, 덜덜 떨리는 몸을 진정시키기 위해 덮고 있는 빨간색 라이프가드 담요의 끝자락을 만지며, 말하게 될 거야, 말하지만 그 말은 입을 통해 말해지지 않을 거야, 못할 거야, 입을 통해 말해지지 않는 말이 제니퍼의 머릿속에 울려 퍼질 거야, 말의 눈보라가 칠 거야, 제니퍼는 결국 얼어붙어서 한마디도 하지 못하게 될 거야, 우리는 모래 속에 파묻힌 물고기라고, 나의 말끝에는 항상 물음표가 맺혀 있어, 제니퍼가 마지막에 듣는 말, 그 말은 아니지, 그렇게 쉽게 모든 문제가 풀리겠어, 제니퍼 역시 문제가 너무 쉽게 풀리면 시시한 시간이었다고, 그 어떤 것도 충족시켜 주지 못한 텅 빈 시간이었다고 생각하겠지, 뭐가 이렇게 시시한 거지, 날 좀 더 어떻게 했어야 하는 거 아니야, 죽음 직전까지, 마지막에서 두 번째 숨결이라도 느껴 봐야 하는 거 아니야, 아쉽게 끝났네, 너무 쉽게 처방할 수 있는 병증이야, 입술의 색을 지우듯 말할 거야, 제니퍼에게 나는 한 줌의 눈송이도 되지 않는 사람이 되고 말 거야, 몇 번의 겨울이 지나고 우연히 나를 생각하고, 그래, 그런 일이 있었지, 창밖의 내리는 눈을 바라보며, 미소를 지으며, 입술 옆의 희미한 흉터를 만지게 될 거야, 제니퍼는 그런 사람이지, 그게 슬픈 일일까, 제니퍼의 눈동자가 흔들리는군, 제니퍼의 눈동자가 흔들릴 때 나는 제니퍼의 눈동자보다 먼저 흔들리고 있었지, 모든 말을 과거형으로 돌리고 싶어, 하지만 너무 멀리 왔군, 이 자리에 계속 있었는데 너무 멀리 오게 된 거야, 나의 달력은 넘어가지 않아, 그것이 나의 비극일까, 우리는 모래 속에 파묻힌 물고기야, 모래 위에 눈이 내려, 눈이 내리지 않아, 내가 말하지, 내가 말할 차례가 된 거야, 내가 말하고 있었지만 이번에도 내가 말할 차례야, 계속 내가 말할 차례야,"

"제니퍼는 지금 제니퍼에 대한 이야기를 듣고 있지, 제니퍼가 제니퍼에 대한 이야기를 듣게 될 때 이미 제니퍼는 제니퍼가 아닐 거야, 아닌 거야, 그러면 제니퍼는 지금 뭘 듣고 있지, 무엇을 듣고 있어도 제니퍼는 같은 걸 듣고 있다고 생각할 거야, 같지 않아도 비슷하다고 느낄 거야, 비슷한 게 얼마나 다른 것인데, 제니

퍼, 나의 입을 빌려 제니퍼가 말하게 될 것을 떠올려
봐, 비슷한 것만큼 다른 게 어디 있어, 반복은 존재하
지 않아, 아직 제니퍼는 몰라, 제니퍼는 지금 같은 소
리를 듣고 있어, 그것이 제니퍼의 문제야. 그것이 우리
모두의 문제야, 무엇을 듣고 있어도 같은 걸 듣고 있다
고 생각하는 것, 그 생각을 확신하며 모든 시간을 지루
하고 고통스럽게만 느끼지, 부끄러움도 모른 채, 지금
제니퍼의 귓속에 들리는 소리는 제니퍼가 한 번도 들
어 보지 못한 소리야, 하지만 제니퍼는 너무나 익숙한
소리라고 믿고 있겠지, 매일 들었던 소리를 듣고 있다
고 착각하겠지, 사람들의 하소연, 고통, 침묵, 말더듬,
웃음소리, 울음소리, 광기의, 멈추지 않는, 듣기 싫었
지만 듣게 된 소리들이라고, 소리는 착각일 뿐이야, 그
소리가 제니퍼를 미치게 만들까, 미치게 만들 수 있다
면, 무슨 좋은 일을 떠올리는 거야, 계속해서 나를 비
웃고 있는 거야, 아니면 미소 속에 모든 감정을 숨기고
있는 거야, 나의 말끝에는 항상 물음표가 맺혀 있는데
이번엔 세 개나 맺혀 있군, 제니퍼, 입을 더 찢어야 할
까, 말하지 마, 입을 열면 당신의 입을 완전히 찢어 열
어 버릴 거야, 언어란 이렇게 끔찍한 것, 말하지 마, 제

니퍼의 목소리가 들려서는 안 돼, 나는 제니퍼의 입을 찢고 싶은 게 아니라 제니퍼의 미소를 찢고 싶은 거야, 미소는 사라지지 않고, 사라진 미소는 되돌아와 제니퍼를 미치게 만들 거야, 미소 역시 착각일 뿐일까, 아직이야, 소리는 언제나 우리 귀의 착각일 뿐이고,"

"제니퍼의 귀는 징그럽고 갈색 솜털이 나 있었지, 나는 제니퍼의 귀를 보았지, 아주 잠깐 보았는데 질리도록 계속 보고 있는 듯한 착각이 들었어, 제니퍼의 징그럽고 갈색 솜털이 나 있는 귓불에는 물음표가 매달려 있었지, 그것이 나의 시선을 끌었어, 나는 계속 제니퍼의 귀를 볼 수밖에 없었지, 사람의 귀를 계속 보고 있으면 더 이상 보기 싫어지게 되지, 보기 싫은 거야. 귀란 우리의 신체 기관 중 가장 이해할 수 없는 부위이고, 그 부위는 계속 보고 싶게 만들지만 계속 보고 있으면 더 이상 보기 싫어지게 되지, 우리의 이해 바깥에 우리의 귀가 보기 싫게 달려 있는 거야, 부드러운 천으로 감싼 다리 사이에 있는 특수 부위보다 보기 싫고 부끄러운 부위가 귀야, 부끄러워할 줄 알아야 해, 제니퍼의 귀는 부끄러워할 줄 모르지, 징그럽고 갈색 솜털이 난 채, 부끄러움도 모르고 흔들리고만 있었지, 흔들리는 제니퍼의 귀를 보며 마음에 구멍이 뚫린 누군가는 자신의 삶이 흔들린다고 믿었겠지, 도무지 흔들림을 멈출 수 없어 제니퍼 앞에 무릎을 꿇기도 했을까, 눈물을 흘리기도 했을까, 누군가는 제니퍼의 흔들리는 귀를 만지거나 핥거나 빨거나 물어뜯기도 했겠지, 제니퍼, 왜 아니겠어,"

"제니퍼는 내가 지금 무슨 이야기를 하고 있는지 모를 거야, 제니퍼가 인내심이 많은 사람이 아니라는 것도 잘 알아, 이런 방식의 대화는 처음이겠지, 이게 대화가 맞다면, 제니퍼는 다른 사람의 이야기를 많이 들어 봤겠지만 이렇게 들은 적은 없을 거야, 그만, 알겠어요, 제니퍼는 미소를 짓고 손사래를 치며 대화를 중단시키는 데 능숙하겠지, 제니퍼는 사람들을 어떻게 다뤄야 할지 너무나 잘 알고, 사람들이 어떻게 말해야 하는지 가르쳐 준다는 핑계로 말을 더 이상 못 하게 만들었을 거야, 그래서 사람들이 더 안달이 나서 제니퍼를 찾아오게 하는 거지, 지금은 아니야, 제니퍼는 내 이야기를 들어야 해, 나의 이야기만, 귀를 가린 채, 외부 소음을 차단하고, 나의 목소리만, 중단 없이, 멈추지 않을 거야, 우리는 모래 속에 파묻힌 물고기야, 이렇게 말하는 게 맞는 걸까, 이 방법이 최선이야, 어떻게 말하느냐가 중요해, 보다 쉽게 말하는 방법이 있다면 가르쳐 줘, 늦었어, 이미 나는 배웠어, 제니퍼의 책에서 사람의 이름을 배웠듯이 제니퍼 친구인 솔랑쥐 앤블랙의 책에서 궁지에 몰린 자가 어떻게 말하는지를 배웠지, 내가 어떻게 솔랑쥐 앤블랙을 알고 있냐고, 물음표, 곧 알게 될 거야, 맞아, 제니퍼도 이미 나의 목소리를 듣고 눈치챘을 거야, 제니퍼가 그 책을 읽었더라면, 내가 흔들리지 않는데도 당신의 눈동자가 흔들리는군, 맞아, 나는 솔랑쥐 앤블랙의 소설 『이든 머리』에 나오는 이든 머리의 독백을 흉내 내고 있는 거야, 말하기의 방식을, 방법을, 걱정하지 마, 나는 이든 머리처럼 사람의 머리를 자르고 뇌를 먹는 인간이 아니니까, 나에겐 나만의 계획이 있어, 역겨워, 어떻게 그런 글을 쓸 수 있는 거지, 나는 『이든 머리』를 읽고 그를 악마라고 생각했지, 그와 나를 동일시할 수는 없어, 그런 악마는 세상에서 사라지고 다시는 태어나지 말아야 하니까, 허구의 세계에서도 더 이상 등장하지 말아야 해, 하지만 이든 머리의 화법을 훔치고 싶었어, 제니퍼에게는 그렇게 말하는 게 효과적이라고 생각했지, 재미난 작가를 친구로 두고 있어 좋아, 이든 머리의 화법은 솔랑쥐 앤블랙이 만든 게 아니야, 작가의 말에서 이든 머리의 독백은 베르나르마리 콜테스의『숲에 이르기 직전의 밤(The Night Just Before the Forests(La Nuit juste avant les forêts)』에서 가져왔다고 솔랑쥐 앤블랙은 썼지, 나는 그 책도 찾아 읽었지, 기법만 훔치면 표절이 되는 것이 아닌가 의심스러울 정도로 비슷했지, 비슷했지만『이든 머리』처럼 몇 번이나 호흡을 가다듬어야 할 정도는 아니었어, 짧기도 했지만『숲에 이르기 직전의 밤』은 단숨에 읽혔지, 중요한 건 리듬이었어, 솔랑쥐 앤블랙은 표면만 훔치고 리듬은 훔치지 못했던 거야, 죄의 리듬, 살육의 리듬을 망각한 거야, 나는 콜테스의 문장을 외울 정도로 반복해서 읽었지, 그리고 이렇게 말하는 게 옳은지 따져 본 거야, 그러니까 모방의 모방의 방식으로 나는 말하고 있지, 내 목소리에도 리듬이 있다면, 불가능해, 나 역시 실패할 테지만, 실패해도, 이든 머리의 목소리보다는 나을 거야, 그게 무슨 상관이든, 내 목소리가 들려, 제니퍼, 심리 상담사, 고통 수집가, 귀가 막힌 선생님, 나의 이야기를 들어, 들려, 물음표, 테스트 끝,"

"어릴 적에는 나의 엄마, 나에게도 그런 사람이 있어, 없을 수 없지, 그것이 나의 비극일까, 콜테스는 썼어, '모든 불안이란 엄마로부터 직접 받은 거니까, 그리고 그 망나니들이 무얼 하건, 엄마를 숨길 순 없는 거니까', 그래, 엄마를 숨길 수가 없지, 엄마라는 말은 하기 싫으니 엄마의 이름으로 대신 엄마의 이야기를 하지, 엄마의 이름이 엄마를 사라지게 만들 거야, 이름은 멜라니였지. 풀네임은 마르게리타 멜라니 헤이워드야. 물론 그 이름이 진짜 이름은 아니야, 진짜일 리가 없어, 마르게리타와 멜라니와 헤이워드는 함께 부를 수 없는 이름이야, 붙을 수 없을 이름이지, 엄마는 주근깨 마르게리타로 태어나 멜라니라는 이름으로 젊음을 탕진한 뒤 알코올중독자인 헤이워드의 삶을 살았지, 하지만 멜라니만 진짜 이름이지, 엄마에게 멜라니만큼 어울리는 이름은 없어, 멜라니였어, 나는 엄마를 멜라니라고 부를 거야, 모두들 멜라니라고 불렀어, 내가 한동안 지갑 속에 넣고 다니다 나보다 어린 약쟁이들한테 두들겨 맞고 빼앗긴 멜라니의 사진, 녀석들은 멜라니의 사진을 보며 입에 담을 수 없는 욕설을 한 뒤 찢어 버렸지, 그리고 나는 몇 대 더 맞았지, 멜라니의 사진 때문에, 멜라니의 모습 때문에, 머리를 풀어 헤치고 가슴의 반을 드러낸 블라우스에 꽉 끼는 청바지를 입고 멜라니는 디트로이트 강변에 있는 술집 'SCARECROW'에서 컨트리송을 부르며 이름을 날렸다고 했지, 아니 얼굴과 얼굴의 반만 한 가슴과 얼굴 두 배 크기의 엉덩이를 날렸는지 몰라, 멜라니는 말 오줌 냄새가 나는 맥주를 마시는 디트로이트 노동자들에게 둘러싸여 노래를 불렀지, 컨트리의 시대였어, 미친 컨트리의 시대였지, 한물간 음악이었지, 한물간 채로 사라지지 않는, 컨트리는 사라지지 않는다고, 음악의 시작과 끝은 컨트리라고 멜라니는 말했지, 21세기가 온 지 십 년이 넘었는데도 20세기 컨트리 타령만 했지, 돌아갈 고향도 없으면서, 찾아갈 남자도 없으면서, 술에 취해 로레타 린의 「Don't Come Home A Drinkin'」을 질리도록 불렀지, 아주 지긋지긋했어, 컨트리라면 아주 지긋지긋해,"

"멜라니가 어떻게 서른여섯 살에 배 속의 나를 데리고 디트로이트를 떠나 볼티모어 던독으로 왔는지 모르지만, 멜라니의 시끄럽고, 폭력적이고, 냄새나고, 우울한 남자들 얘기는 하고 싶지 않아, 얘기할 가치도

없는 인간들이지, 그들 전부 내가 사라지기 바랐을 뿐
이야, 멜라니는 아니었어, 멜라니는 컨트리 음악을 틀
어 놓고 어린 나의 귀를 자주 만져 주었지, 아마 깨물
고 싶어 미치게 만드는 나의 피넛보다 더 많이 만졌을
거야, 나를 혼낼 때도 귀를 잡아당겼고, 나를 재울 때
도 귀를 어루만졌지, 특히 왼쪽 귀를 자주 만졌던 것
같은데 자세히 보면 지금 나의 왼쪽 귀가 오른쪽 귀보
다 더 못생겨 보일 거야, 귀란 아무리 모양이 달라도
다 못생겨 보이지만 나의 왼쪽 귀는 분명 오른쪽 귀보
다 못생겨 보일 거야, 제니퍼가 나의 귀를 보는 게 보
이는군, 잘 보여, 잊지 마, 나의 말끝에는 항상 물음표
가 맺혀 있어, 멜라니가 나의 귀를 쉴 새 없이 만졌기
때문에 나의 귀는 제대로 자라지 못하고 모양을 갖추
지 못하게 된 거야, 잘 봐, 상상해 봐, 머릿속으로 따라
해 봐, 왼쪽 손으로 왼쪽 귀를 가리고 오른쪽 손으로
오른쪽 귀를 가린 다음 왼쪽 손을 내려놓고 오른쪽 손
으로 왼쪽 귀를 가리고 왼쪽 손으로 오른쪽 귀를 가리
지, 왼쪽 손이 왼쪽 귀를 가릴 동안 오른쪽 귀가 보이
고 오른쪽 손이 오른쪽 귀를 가릴 동안 왼쪽 귀가 보이
고 오른쪽 손으로 왼쪽 귀를 가릴 동안 오른쪽 귀가 보

이고 왼쪽 손으로 오른쪽 귀를 가릴 동안 왼쪽 귀가 보이지, 귀가 두 개이고 손이 두 개라는 것에 감사함을 느껴, 누구에게 감사해야 할지 모르겠지만 황홀한 순간이야, 남과 다른 신체 조건으로 한 귀와 두 손, 두 귀와 한 손, 한 귀와 한 손을 가진 사람이 있다고 해도 불가능할 것은 없어, 설령 귀가 없고 손이 없어도 다른 부위로 움직일 수 있을 거야, 눈을 깜박일 수 있는 능력과 미소만 있다면 말이야, 가능할 거야, 지금의 제니퍼처럼, 제니퍼의 눈동자는 흔들리지 않는군, 그건 내가 흔들리지 않고 있다는 뜻이야,"

"멜라니가 나에게 남긴 유산은 못생긴 나의 왼쪽 귀, 그리고 음악에 대한, 특히 컨트리 음악에 대한 경멸이지, 멜라니는 말했지, 음악을 듣는 사람은 나쁜 사람이 될 수 없다고, 음악을 많이 들으면 불행해지지만 나쁜 사람은 될 수 없다고, 음악 중에서도 컨트리 음악을 들으면 죽어서도 천국으로 간다고, 찬송가가 아니라 컨트리 음악이 울려 퍼지는 천국에 간다고, 애초에 찬송가와 컨트리 음악은 뿌리가 같다고, 자신이 그렇게 술을 마시는 이유는 컨트리 음악을 좋아하기 때문이라고, 언젠가 내가 아빠가 누구야,라고 묻자 비니,

너의 아빠는 컨트리 음악이란다,라고 하더군, 그게 말이야 말꼬리야, 내가 더 이상 무슨 말을 할 수 있었겠어, 입을 다물고 컨트리 음악에 대한 경멸을 조금씩 키워 나갈 수밖에, 컨트리 음악은 내가 세상을 보는 거울이었어, 그 거울은 처음 볼 때부터 금이 가 있었고, 볼 때마다 쪼개졌지, 멜라니의 마틴 기타는 박살난 지 오래고, 음반을 낸 적도 없고, 몇 개의 늘어진 데모 테이프만 있으면서, 음악을 그렇게 열심히 하지도 않았으면서, 음악에 인생을 걸었다고 말했지, 쾌락과 무기력으로 탕진한 인생을, 음악으로 탕진했다고 믿고 있었어, 나의 오른쪽 귀로 들어온 멜라니의 컨트리 타령은 왼쪽 귀 밖으로 나가지 못하고 왼쪽 귀를 더 일그러뜨리고 말았지, 내가 열여섯 살 때 멜라니가 술에 취해 욕조에서 잠이 든 채 떠나고, 2013년 11월 1일의 일이지, 어쩌면 그보다 더 오래된 일인지도 몰라, 멜라니는 이미 죽은 상태로 살고 있었으니까, 혼자가 되고 나서도 비교적 잠을 잘 자던 시기에 나는 왼쪽 머리를 베개에 대고 잠들었지, 그런 습관도 우연은 아닐 거야, 나의 못생긴 왼쪽 귀를 유지하기 위해 나는 밤과 잠을 빌려 애를 쓴 거야, 잊을 만하면 죽은 멜라니가 꿈에 나타나 나의 귀를 만져 주면서 노래를 불렀지, 레바 매킨타이어의 「You Lie」가 귀에 달라붙어 쉽게 떼어지지 않았어, 멜라니가 자신이 만든 노래를 훔쳤다고 착각하고 있는 레바의 노래가 말이야, 멜라니가 사라져도 노래는 계속되었지, 마치 녹음된 노래를 멜라니가 입만 벙긋거리며 흉내 내다 사라진 것만 같았지, 멜라니가 사라지고 노래가 사라져도 멜로디는 남아 바람에 흔들렸지, 바람에서 젖은 풀 냄새가 났다면 아무도 믿지 않을 거야, 아무도 믿지 않을 테니까 말해야지, 바람에서 젖은 풀 냄새가 났어, 젖은 풀도 태어날 때부터 젖은 풀이었을까, 젖은 풀 냄새가 나는 바람도 사라지고 더 이상 내가 꿈을 꾸지 않게 될 때도 실오라기가 풀린 네글리제 차림의 멜라니는 닫힌 꿈의 입구에 서성대면서 나의 귀를 그리워했을까, 멜라니는 항상 머리를 길게 풀어 귀를 덮고 있었지, 귀가 어떻게 생겼는지 기억이 나지 않아, 귀를 본 적이 있었나, 멜라니는 귀가 없었는지도 몰라, 없는 귀를 있는 척하기 위해 머리를 풀어 가리고 있었는지도 몰라,"

"제니퍼는 그날도 머리를 뒤로 바짝 묶어 귀를 드러내 놓고 있었지, 마치 대놓고 귀를 자랑하고 싶은 것처럼 말이야, 부끄러움도 없이, 징그럽고 갈색 솜털이 난 제니퍼의 귀, 제니퍼의 귀가 흔들리고 있던 거야, 흔들리는 귀를 가리기 위해 나는 한때 내가 아꼈던, 어쩌면 나의 신체 일부와도 같았던, 젠하이저 헤드폰을 제니퍼의 귀에 씌운 거야, 덮었다는 표현이 더 정확할지 몰라, 지금 제니퍼는 헤드폰을 통해 나의 목소리를 듣고 있지, 녹음된 나의 목소리를, 나의 숨소리까지 잘 들릴 거야, 나의 부끄러움, 나의 어지러움, 나의 흔들림, 나의 멀어짐, 나의 아득함, 나의 망막함까지도, 제니퍼는 지금 내 목소리를 듣고 있어, 날카롭게 연마된 레터나이프를 들고 있는, 입을 다물고 있는, 나를 보면서, 내 목소리와 나는 어울리지 않아, 세상의 소음과 나의 목소리는 어울리지 않아,"

"밤낮없이 나는 헤드폰을 끼고 살았지, 내 헤드폰에서 가장 많이 들렸던 음악은 오넷 콜먼의 「Faces And Places」였지, 파사이드와 드 라 소울, 루츠D, 그리고 내가 제일 좋아했던 앨범인 스러스트의 EP 「Past, Present, Future」 같은 고전 힙합에 빠져 있던 어느 날, 오넷 콜먼의 음악이 나에게 왔지, 그래, 음악이 왔다는 표현으로밖에 말할 수 없어, 그 전까지는 힙합만 들었지, 힙합을 들으면 들을수록 컨트리 음악에 저항하는 음악처럼만 들렸지, 컨트리 음악에 대한 경멸을 나는 힙합으로 이겨 내려 했지, 2분의 1 흑인으로 날 만들지 않은 멜라니를 원망하기도 했고, 멜라니는 건달들이라도 백인들만 만났을 거야, 멜라니처럼 편견과 자기애에 빠진 것이 아니라 정상적인 소년이라는 것을 보여 주기 위해 힙합을 듣고 있던 거지, 그러던 어느 날 다른 음악이 나를 사로잡은 거야, 멜라니는 힙합은 싫어해도 재즈는 받아들였을까, 아마 그랬겠지, 음악 취향도 나이에 따라 달라진다고 멜라니는 말했지, 하지만 자신은 컨트리를 한 번도 떠나 본 적이 없다고 했어, 힙합에서 재즈로 나도 음악 나이가 든 것이었을까, 왼쪽 귀를 만지며 잠깐 고개를 갸우뚱거렸지, 하지만 난 재즈에 관심을 가진 게 아니었어, 「Faces And Places」가 유일했어, 오넷 콜먼의 다른 음악에서는 버터 바른 담배 냄새가 나서 집중해 들을 수 없었지만 그 음악은 달랐어, 들으면 들을수록 새롭게만 들렸지, 나의 착각일지 모르겠지만, 그때는 그 음악이 전부라고 믿었어, 우연히 나한테 와서 나갈 생각은 하지 않았지, 가사가 없어 무슨 이야기인지, 무슨 뜻으로 그런 제목을 붙였는지 알 수 없지만 계속 듣다 보면 그 의미를 어렴풋하게 알게 되는 것만 같았지, 'Faces'와 'Places'는 'ces'를 공유하고 있었지, 나는 대단한 발견을 한 것처럼 아이처럼 들떠서 'FaPla'라고 말하며 음악을 반복해서 들었지, 그리고 결론은 이 음악이야말로 컨트리 음악에 저항하는 음악이다,였지, 오로지 컨트리 음악에 저항하기 위해 인간의 음악적 이해 바깥으로 연주가 지속된다고 믿었지, 더 난해하고 참을 수 없을 정도로 지루하고 귀를 잡고 흔드는 무시무시한 음악들이 많았지만, 나한테는 'FaPla'뿐이었어, 한번 나에게 온 것은 쉽게 빠져나가는 법이 없지, 하지만, 영원한 것은 없어, 'FaPla'가 내 귀에서, 내 몸에서 빠져나가자, 모든 음악도 함께 사라졌지, 이후에는 누구와 무슨 음악을 들어도 똑같았어, 거리와 카페에 울려 퍼지는 음악은 참아 줄 수 없었지, 사람들이 내 귀에 들려준 음악은 참아 줄 수 없었지, 다 똥 같았는데 그냥 참고 듣는 척했지, 누가 나에게 음악을 들려주기나 했었나, 들려주었지, 한 여자가 그랬지, 멜라니 이후 처음으로 나에게 음악을 들려준 사람이지, 아직은 아니야, 고귀한 이름은 너무 빨리 말하면 안 돼,"

"얼굴들, 장소들, 이름들, 음악들, 리듬, 비트, 멜로디, 멜라니, 그만둬, 이제 그것도 믿지 않아, 컨트리의 시대가 없듯이 컨트리에 저항하는 음악 역시 없는 거야, 음악은 그냥 음악인 거지. 음악을 듣는 동안 불행해지거나 말거나 음악은 음악인 거지, 나의 음악은 헤드폰에 남은 소리의 잔향으로만 남았어, 음악이 꺼지고 난 뒤의 귀 안에 울리는 진동, 미세하지만 사라지지 않는 소음을 나는 찾아다녔어, 더 이상의 음악은 필요 없었지, 귀가 항상 열려 있으니 매 순간 소음이 들려오고, 그것이면 이제 충분해, 음악이 끝나자 소음이 시작되었고, 소음을 위해서만 음악을 들었지, 아니, 음악도 소음이야, 모든 음악이 소음이야, 침묵, 그런 건 없어, 침묵은 한없이 어렴풋한 소음일 뿐이야, 음악은 더 이상 필요하지 않아, 제니퍼가 마지막으로 들었던 음악은 무엇일까, 제니퍼에게 음악을 들려주지 않을 거야, 내가 음악을 들려줄 수 있는 사람이라면 지금 여기에 제니퍼는 없어, 있을 수 없어, 제니퍼가 죽는다면 내가 더 이상 제니퍼에게 음악을 들려줄 수 없기 때문일 거야, 내가 제니퍼에게 음악을 들려주지 못해서 제니퍼는 죽을지도 몰라, 그리고 원한다면 천국으로 가 버려,

가서 멜라니를 만나 컨트리 음악이나 실컷 들으라고, 더 저드의 「Mama He's Crazy」를 따라 불러 보라고,"

"제니퍼, 고개를 흔들지 마, 헤드폰을 빼면 제니퍼의 귀를 도려낼지도 몰라, 흔들리는 귀를 잡아 뽑거나 레터나이프로 갈아 댈 수도 있지만, 더 이상 피를 보고 싶지 않아, 생각보다 너무 많은 피가 흘렀어, 제니퍼의 입술을 살짝 찢었을 뿐인데, 찢은 것도 아니고 살짝 스친 것뿐인데, 미소처럼 제니퍼의 입가로 피가 번지고 턱 아래로 흘러내렸지, 제니퍼, 눈을 감으면 세상이 어떤 색으로 물드는 것 같아, 붉은색이라고 쉽게 말하지는 마, 내가 찢고 싶은 것은 제니퍼의 입이 아니라 제니퍼의 미소야, 내가 말했나, 말했다면 다시 말한 거로 하지, 내가 찢고 싶은 것은 제니퍼의 입이 아니라 제니퍼의 미소야, 하지만 찢을 수 없어, 제니퍼가 더 이상 피를 흘리는 것을 보고 싶지 않은 거야, 입을 찢어도 피가 흐르지 않으면 좋겠는데, 종이를 찢듯이 말이야, 책을, 책의 미소를 찢듯이 말이야, 내가 왜 레터나이프를 쓰는지 알겠어, 물음표, 제니퍼가 듣고 있는 소리, 소리가 머무는 곳, 그곳이 책이 미소를 짓는 곳이야, 책의 미소가 찢어지기를 기다리는 곳이야, 제니퍼도 그곳에 가 본 적이 있을 거야, 가 보지 않았다면 지나친 적이 있겠지, 볼티모어에 사는 사람들은 한 번쯤 그곳을 지나가게 되어 있지, 웨스트사이드의 갱들과 약쟁이들도 그쪽으로 원정을 오면 가끔 발을 멈췄다 지나갈 거야,"

"얼굴, 장소, 떠오르는 이름, 그 이름을 부르기 위해 나는 계속 제니퍼의 이름을 부른 거야, 영원히 내가 부르고 싶은 이름은 단 하나뿐이야, 마지막 이름, 블랙엠마 북스토어에 앉아 카페오레를 앞에 두고 나는 줄리를 기다리고 있었어, 그래 줄리 말이야, 줄리, 억워드, 이런, 또 병이 도지는 것 같아, 줄리가 떠난 뒤로, 억워드, 줄리를 부를 때마다, 억워드, 틱 환자처럼 목구멍을 거슬러 이상한 소리가 나와, 억워드, 이렇게, 줄리, 억워드, 억워드는 꼭 awkward처럼 들려, 정말 그래, 어색한, 줄리, 억워드, 줄리의 풀네임은 나에게 억워드, 줄리 억워드, 억워드가 되었어, 이런 증상은 뭐라고 불러야 하지, 줄리와 나, 억워드, 우리는 모래 속에 파묻힌 물고기야, 우리가 자주 함께 앉아 있던 그 자리, 책을 좋아하지도 커피를 즐겨 마시지도 않았지만, 우리는 하릴없이 그 자리에 앉아 거리의 사람들을, 사람들의 생김새와 옷차림과 걸음걸이를 키득거리며 비웃어 주었지, 그게 뭐라고, 그게 뭐라고 이렇게 생각이 날 줄이야, 누군가와 헤어지면 그 누군가와 함께한 가장 무용했던 일상이 제일 기억에 남는 법인가, 줄리가 떠난 지 한참, 억워드, 되었지만, 줄리가 돌아올 수도 없는데도, 억워드, 나는 줄리를, 억워드, 기다렸지, 내가 아무리 입술 모양을 뒤틀어도 줄리라는 이름은 새어, 억워드, 나오지, 커피가 식는 속도로 줄리가, 억워드, 새어 나와, 줄줄줄, 워워워, 아무리 뜨거운 커피라도 시간이 지나면 식기 마련이야, 줄리라고 발음할 때는, 억워드, 입술이 앞으로 내밀어져, 마지막 입맞춤처럼, 마지막 숨결이 담긴, 마지막 입맞춤처럼, 줄리는, 억워드, 자신의 이름을 불러 보았을까, 입술을 모아 앞으로 내밀며 불러 보았을까, 작고 얇은 입술, 별다른 특성이 없는, 줄리라는, 억워드, 책에 밑줄을 그은 것만 같은, 줄리라는 이름을, 억워드, 간신히 담고 있는 입술이었어, 작은 술잔에 담긴 이름, 줄리, 맞아, 억워드, 맞아, 제니퍼가 알고 있는 줄리 말이야, 억워드, 줄리는, 억워드, 독보적인 사람이었지, 우리가 아는 줄리는 하나뿐이야, 억워드, 어디서든 줄리를, 억워드, 알아볼 수 있어, 줄리 같은, 억워드, 얼굴은 하나밖에 없으니까,"

"줄리, 억워드, 이야기를 해야겠지, 제니퍼도 알고 있을까, 알고 있다면 다시 똑똑히 들어, 줄리는 세 살 때, 억워드, 한국에서 장로교 목사인 잭과 셜리 위드마크 부부의 집으로 입양되었다고 말했지, 세 살 때까지 어떤 이름을 썼는지는 알 수 없었대, 그러니까 풀네임은 줄리 위드마크가 되겠지, 신의 보호 아래 원래 이름을 영원히 지우고 위드마크 집안의 딸로 만들어 버린 거지, 위로 두 명의 위드마크 오빠가 있었지, 생리를 시작할 무렵부터라고 했어, 줄리는, 억워드, 잭 위드마크와 위드마크 주니어 형제가 자신을 이상하게 쳐다본다는 것을 알고 있었는데, 이상하게 쳐다보는 것 말고 위드마크 남자들은 어떤 접촉도 하지 않았지, 매일 아침 기도를 드리고 산양 우유에 오트밀을 먹으면서 미소를 지었는데, 어느 날부터 그 미소가 미친 듯이 싫어졌다고 했어, 자신은 아무리 애를 써도 그렇게 미소를 지을 수 있는 사람이 아니었고, 그 미소 속에 숨은 표정들이 역겨워지기 시작했대, 아무 일도 하지 않았고 아무 일도 일어나지 않았지만, 그게 더 이상하고 부끄럽고 치욕스러워 견딜 수가 없다고 말했지, 마구간에 잠든 하녀를 내려다보는 듯한 눈빛이라고, 시선으로 수차례 강간을 했다고, 줄리는 말했지, 억워드, 어떻게 그런 비유를 쓸 수 있을까, 좀 감탄스러워, 그 순간 줄리한테, 억워드, 더 빠져들었는지 몰라, 셜리 위드마크 부인에게 그런 사악한 마음을 말할 수도 없었고, 그저 성경책을 접었다 폈다 하다가 던져 버리는 수밖에 없다고 말했지, 시도 때도 없는 예배, 예배, 예배, 가짜 예배, 찬송, 찬송, 찬송, 가짜 찬송, 줄리는, 어릴 적 외웠던 성경 구절을, 억워드, 머릿속에서 지우기 위해 많은 노력을 기울였지, 줄리는, 억워드, 그 말을 나에게 반복적으로 했지, 그런 이야기라면 좀 지긋지긋하지만 나는 참고 들었지, 줄리의 입술과 목소리에, 억워드, 집중하면서 말이야, 슬프거나 괴로운 목소리는 아니었어, 조증 환자처럼, 오히려 어딘가 들떠 있고 장난기가 묻어 있었지,"

"멜라니가 죽고, 학교를 그만두고, 아무 음악도 들리지 않는 헤드폰을 끼고 볼티모어 시내를 어슬렁거리다가 우연히 '와이어레코드'에서 일하는 줄리를 만나, 억워드, 친해지게 된 거야, 나보다 두 살이 많은 줄리는, 억워드, 고등학교를 졸업하자마자 버지니아의 집을 떠나 독립을 해 살고 있었지, 신을 모독하고 은혜를 모르는 파렴치한 동양 계집애가 되었지만, 자신은 예수님의 피를 팔아 기름칠을 한 위드마크 집안의 인형과 과시용으로서 역할을 다 했다고 생각했고, 다니엘서 4장 33절의 구절처럼 머리털이 독수리 털과 같이 자랐고 손톱은 새 발톱과 같아져서 떠날 수밖에 없었고, 필라델피아를 거쳐 뉴욕으로 가기 전 볼티모어에 잠시 들렀는데, 생각보다 오래 주저앉게 된 거지, 존스홉킨스 대학 근처의 하숙 집에서 두 명의 중국 여자와 살고 있었는데 둘 다 유학생이었지만, 쉴 새 없이 떠들고 돼지같이 처먹기만 하면서 자신을 걸레 취급했고, 청소와 빨래를 대신 해 주며 집세를 면하고 있었지, 우리는 처지가 비슷한 것 같았지만 내가 좀 부유한 건 사실이었어, 비를 피할 수 있는 패타스코 강가의 작은 집이 있었고 운 좋게도 얼마 되지 않지만 멜라니가 내 앞으로 생명보험을 들어 놓은 거지, 멜라니가 마지막으로 사귄 남자가 보험 세일즈를 한 덕분이었지, 당시 나는 할 일이 없었고, 뭔가 할 생각도 없었고, 멜라니가 남긴 유산을 소극적으로 탕진하고 있었지, 돈이 떨어지면 집을 팔아 아무 데서나 살며 돈을 쓰고, 돈이 떨어지면 디트로이트로 가서 공장에 취직할 부푼 꿈을 갖고 있었지, 거기서 적당히 조용하고 적당히 시끄러운 여자와 살거나 남창이 되어도 상관없다고 생각했지, 겁도 없이 머릿속으로 온갖 실패한 인생의 뒷모습을 그려 본 거지, 누가 날 예뻐해 주기라도 하면, 먼지를 뒤집어쓴 컨트리 음반이 굴러다니는 나의 집에서 줄리가, 억워드, 와이어레코드 사장으로부터 받아 온 키시카 냄새가 나는 대마초를 피우고, 인디언소다를 마신 뒤, 싸구려 풀에 취한 띵한 머리를 흔들고, 미친 듯이 웃으며 사랑을 나누다 말다 그랬지, 줄리는 나에게, 억워드, 자신의 불행한 가정사를 또 늘어놓았지, 컨트리송 같은 지겨운 이야기였어, 자신에게는 자기의 생김새에 어울리는 이름이 없다고 말했지, 아마 이름이 있어도 줄리 위드마크라는 똥 냄새 나는, 억워드, 이름은 아니었을 거라고 작은 입술을 모아 내밀며 말했어, 미영과 지수,라는 이름이 자기에게 어울리지 않느냐고 물었는데, 그게 무슨 말인지 알 수 없었지만 이상하게도 그 이름들의 울림은 좋았지, 두통과 달아오른 몸을 진정시키기 위해 우리는 밖으로 나가 패타스코 강변을 따라 걸었지, 초점이 흐린 눈동자를 굴리며,

서로의 헝클어진 머리를 더 헝클어뜨리고, 흐느적흐
느적, 떠돌이 개처럼, 걸어 다녔지, 강물에 노을이 번
져 가는 것처럼 외롭고 아름다웠어, 내 몸의 반밖에 안
되는 줄리가 내 삶의 무게를, 억워드, 덜어 주고 있었
지, 넌 세상이 어떤 색으로 물들기를 원해? 줄리가 물
었지, 억워드, 십만 년 뒤에 대답할게, 나는 줄리와, 억
워드, 십만 년은 이렇게 지낼 수 있을 거라 생각했어,
집으로 돌아오는 길에 우리는 강가의 모래 속에 파묻
힌 물고기를 발견했고, 그 물고기를 더 깊숙이 파묻었
지, 줄리가, 엉터리로, 억워드, 장례 기도를 하고, 우리
는 모래 위를 뒹굴었지, 그때 물고기를 강물에 넣어 주
었어야 했을까,"

　"와이먼 파크 델 벤치와 앉아 서로의 어깨를 붙이
고 무릎을 붙이고 머리를 붙이고 몸을 포겠지, 그렇게
될 수 없다는 것을 알면서도 한 몸이 되려고 했지, 습
한 날씨 때문인지 자꾸만 미끄러져 가는 서로의 몸을
입술과 손으로 잡아 주려 애를 쓰고 있을 때 바지로 흙
을 쓸고 다니는 흑인 소년 두 명이 나타나 손가락 총
으로 우리를 위협하곤 담배를 달라고 하자 줄리가 벤
슨앤드헤지스를, 억워드, 꺼내 반으로 분질러 나눠 주

며 말했지, 저리 가 똥개들아, 바지에 똥을 싼 것만 같은 표정을 짓고 냄새나는 중국 년이라고 말하곤 소년들은 달아났지, 줄리가 욕을 하며, 억워드, fuck nuts kids, 이 사이로 침을 뱉었지, 소년들과 친한 동네 노는 형들이 총과 야구방망이를 들고 다시 몰려오는 상상 속에서 나는 줄리에게 잡힌 몸을, 억워드, 빼곤 돌아가자고 말했지, 우리는 집으로 돌아갔고 벤슨앤드헤지스를 나눠 피우며 완전히 합치게 되었지, 줄리는 일을 그만두고, 억워드, 우리는 약은 하지 말자고 손에 깍지를 껴 약속하곤 줄리가 좋아하는, 억워드, 노르웨이 밴드 레오폴드레오폴도비치의 한정판 바이닐 음반을 구해 멜라니가 쓰던 브라운 턴테이블에 걸어 놓고 B면의 「Beach B」를 반복해서 들었지, 파도 소리와 기타 소리 그리고 28분 53초 동안 약 빤 음성으로 'Beach B'만 읊조리는 음악에 우리는 옷을 입었다 벗었다 하며 서로의 몸에 상처를 냈지, 컨트리 음반을 꺼내 집 안에서 날리거나 발로 밟으며 음반이 갈라지고 깨지는 소리 속에서 춤을 추었지, 춤을 추고 나면 다시 우울해져서 깨진 음반으로 손목을 긋고 목을 긋는 시늉을 하다가 울며 잠든 줄리의 엉덩이 사이에 음반을 삽입하며 이제 여기가 나의 컨트리다라고, 중얼거리기도 했어, 줄리는 작고 딱딱한 똥을 쌌고, 우리는 그것을 위드마크라고 불렀고, 장이 좋지 않은 나는 자주 설사를 했고, 우리는 그것을 멜라니라고 불렀지, 위드마크와 멜라니가 찬물에 섞여 사라지는 것을 흔들리는 눈동자로 쳐다보면서 즐거워한 것도 잠깐이었고, 만사가 귀찮고 지겨워져서, 서로의 뇌를 갉아먹으며, 빠른 속도로, 늙어 갔지,"

　"우리는 모래 속에 파묻힌 물고기였어, 줄리는, 억워드, 스크램블드에그에 피임약을 가루 내 뿌려 먹으며, 비니, 이제 너와는 하지 않을 거야,라고 말했지, 나는 방귀 소리를 만들기 위해 바닥난 케첩 튜브를 짜며 말했지, 그럼 누구랑 할 건데, 그때부터 나의 말끝에 물음표가 매달리기 시작한 거야, 그게 슬픈 일일까, 그것이 나의 비극일까, 동그란 눈을 일그러뜨리며 줄리는 말했지, 억워드, 한국에는 제주아일랜드라는 작고 아름다운 섬이 있대, 그곳에 해녀가 있는데 검은 잠수복을 입고 산소통도 없이 바다로 들어가 바다 생물들을 잡아 나온다고 하더라, 제주아일랜드에는 돌과 바람과 여자가 유명한데 거기 돌은 아주 검고 바람은 엄청 매섭고 여자들은 무척 아름답다고 그래, 그리고 옛날에 코뮤니스트 리벨리언으로 사람들이 많이 죽었다고 해, 10% people of Jeju's population killed, 사람들이 많이 죽었어도 돌은 여전히 검고 바람은 여전히 매섭고 여자들은 여전히 아름다울까, 아름다울 수 있을까, 예전에 블랙엠마에 꽂혀 있던 책에서 봤어, 섬 가운데 산이 있었는데 그 산 이름이 뭐였더라, 암기력이 떨어져 역사는 항상 낙제였는데, 황색 피부라 미국 역사를 못 외우냐고 선생이 나를 대놓고 놀렸었어, 심지어 줄리김치라고 부르기도 했어, 김치 같은 건 먹어 본 적도 없는데 그랬어, 그게 선생이 할 짓이야, 미친 바버라 스테퍼니, 터진 인형 눈알 같은 화장을 하고 가슴에 솜뭉치나 넣어 다니는 주제에, 빌어먹을 미국 역사 따위 알 게 뭐야, 역사 수업은 칠면조 똥구멍이나 핥으라지, 난 외우는 건 질색이야, 산 이름이 뭐라고, 아무 이름이면 어때, 산 가운데가 움푹 파여 있었어, 마치 스푼으로 푸딩의 윗부분을 잘라 낸 것처럼, 그곳에 가는 꿈을 어제 꾼 거야, 한 번도 가본 적 없는 곳을 말이야, 물새처럼 바다 위를 날아서, 아직도 바람 소리와 파도 소리가 들리는 것 같아, 비니, 난 이제 너랑 하지 않을 거야, 인터넷으로 줄리가 말한, 억워드, 산을 찾았지, 이름이 한라마운틴이라는 것을 알게 되었지만 나는 말하지 않았어, 왜 그랬을까, 어느새 우리 사이에 말들이 숨겨지고 갈라지게 된 거야,"

"한 번도 그런 적이 없는데 새벽에 줄리가 잠든, 억워드, 나의 왼쪽 귀를 핥고 있는 게 느껴졌지, 줄리의 작고 뾰족한 혀가, 억워드, 침을 분비하며 나의 귓속을 파고들었지. 흥분되면서도 온몸에 모래알이 달라붙는 것만 같았어, 나는 잠든 척 머릿속에 떠다니는 말들을 잡으려 했지, 줄리, 억워드, 내가 너의 제주아일랜드야, 내가 너의 한라마운틴이야, 내가 너의 돌이고, 내가 너의 바람이고, 내가 너의 여자야, 나는 소리치고 싶었지, 움푹 파인 푸딩처럼 내 육체가 무너져 내렸어, 다음 날 줄리는 집을 나가, 억워드, 두 달 동안 돌아오지 않았고 전화도 끊어졌고, 가을이 지나 겨울이 되었고, 십 년은 더 늙은 것 같은 얼굴에 눈 밑에 아이라인을 더 진하게 칠하고 다시 돌아왔지, 오자마자 변기를 붙잡고 토악질을 했는데, 그 소리가 억워드, 억워드, 그렇게 들린 거야, 그날 밤 줄리는, 억워드, 나의 혀를 씹다가 뱉고 또다시 그 말을 한 거야, 비니, 이제 난 너랑 하지 않을 거야, 나를 건드리면 너를 떠날 거야라고 말했지, 나는 줄리의 발아래 엎드려, 억워드, 울먹이며 집을 팔아 제주아일랜드에 가자고 말했고, 줄리는 그게 무슨 말이야, 억워드, 착각하지 마, 난 너와 거기 가지 않을 거야, 아무 데도 안 가, 넌 아무것도 몰라라고 했지, 내가 더 이상 무슨 말을 할 수 있었겠어, 줄리는, 억워드, 돌아오지 말았어야 했어, 다시 돌아오지 않았다면 제니퍼를 만나지 못했을 테니까. 제니퍼를 만났어도 내가 더 이상 상관할 바는 아니었겠지, 둘이 무슨 짓을 했든 내 알 바가 아닐 수도 있었는데,"

"우리는 텔레비전과 변기만 공유했을 뿐 테디 베어들처럼 지냈지, 그렇다고 따듯하게 안아 주거나 부드러운 언어로 서로의 상처를 핥아 주지는 않았어, 그럴 리가 있겠어, 왜 그렇게 되었는지 알 수 없었어, 실이 엉켜 버리고 나면 어디서부터 꼬이게 되었는지 모르게 되는 거지, 애초에 이유 따위는 없었는지도 몰라, 각자의 상처가 너무 커 서로 맞지 않는다는 것을 확인했지만 돌아설 수가 없었던 거야, 하지만 난 돌아서고 싶지 않았어, 십만 년은 줄리와 살 줄 알았어, 억워드, 줄리가, 억워드, 빈센트 러브와 결혼해 줄리 러브가,

억워드, 될 수도 있다고 생각했어, 줄리 러브, 억워드, 그 이름은 영원히 존재할 수가 없겠지, 그게 슬픈 일일까, 그것이 나의 비극일까, 빈센트 러브라니, 멜라니는 어떻게 나에게 그런 이름을 지어 준 것일까, 내가 누군가를 어떻게 사랑해야 하는지 가르쳐 주지도 않고, 러브라니, 우리는 언제 터질지 모를 뇌관을 머릿속에 달고 초조하게 울리는 서로의 초침 소리를 들어야만 했지, 음악도 없이, 모든 소음에 귀를 기울이며, 내가 줄리에게, 억워드, 이 집에서 나가라고 말하면 줄리는 나갔을지도, 억워드, 몰라, 하지만 난 그런 사람이 아니지, 내가 그런 사람이라면 지금 제니퍼가 내 앞에 있지 않을 거야, 제니퍼가 나의 목소리를 들으며, 찢어진 입에서 새어 나오는 피와 침을 찔끔찔끔 삼키며, 공포와 허기를 달래지도 않았을 거고, 난 그런 사람이 아니야,"

"그래 맞아, 제니퍼, 당신의 줄리 말이야, 억워드, 당신의 줄리라는 말에, 억워드, 제니퍼, 고개를 흔들지 마, 부정하지 마, 제니퍼에게 줄리는, 억워드, 마음에 구멍이 뚫렸거나, 정신의 나사가 빠진 다른 환자들과 비슷한 사람에 불과할 테지만, 하지만 나에게 이제 줄리는, 억워드, 당신의 줄리야, 억워드, 줄리가 어떻게, 억워드, 제니퍼의 말에 빠져들었는지 모르겠어, 시민들을 대상으로 한 볼티모어 시립 도서관의 심리 치유 강연에서 줄리는, 억워드, 제니퍼를 처음 보았지, 같이 갈래,라고 줄리가 말했다면, 억워드, 나는 못 이기는 척하면서도 같이 갔을 거야, 강연 제목이 '마음의 선택'이었나, 정말 형편없는 제목이고 별 볼 일 없는 내용일 줄 알았는데, 제니퍼의 강연을 듣고 와서 줄리는 나에게, 억워드, 말했지, 돈을 빌려 달라고, 심리상담을 받고 싶다고, 줄리의 검은 눈동자가, 억워드, 흔들리고 있었고, 흔들리는 검은 눈동자 속에서 나 역시 흔들리고 있었지, 자신의 조울증과 치밀어 오르는 원인 모를 분노를 치유하기 위해서였다고도 볼 수 있겠지, 나와 다시 잘해 보기 위해서 그런 건가, 그렇게 믿은 거야, 그렇게 믿는 게 마음이 편해, 결과는 달라지지 않겠지만 그렇게 믿어야지, 줄리는 나에게, 억워드, 함께 상담을 받자고 하지 않았어, 그렇게 말했어도 나는 가지 않았을 거야, 내가 어디가 문제가 있다는 거야, 거리의 아무나 붙잡고 삼 분만 대화해 보면 다들 문제가 있다고 알게 되지, 누구나 문제가 있다는 약점을 이용해 제니퍼가 마음이 약한 사람들의 돈과 시간과 영혼을 빼앗고 있다고 생각했지, 제니퍼가 얼마나 뛰어난 사람인지는 모르겠지만, 줄리는, 억워드, 제니퍼에게 빠졌고, 내가 보기에 상태는 더 안 좋아졌고, 먹을 약만 늘어났지, 차라리 이전의 미친 듯이 웃거나 소리치는 줄리가, 억워드, 더 나았어, 줄리는 한없이, 억워드, 우울해졌고, 혼잣말로 중얼중얼했지, 줄리 자신도 몰랐을 거야, 억워드, 제니퍼는 어떤 말로 줄리를 유혹하고, 억워드, 옭아맨 거지, 나의 말끝에는 항상 물음표가 매달려 있어, 대답하지 마,"

"나는 블랙엠마에서 줄리를 기다리고 있었어, 더 이상 오지 않을 줄리를 말이야, 억워드, 줄리는, 억워드, 왔을 때처럼 아무것도 없이 떠났지, 떠돌이 개가 되어 줄리의 냄새를 쫓아, 억워드, 거리를 헤매다, 몇 번의 망설임 끝에 사무실을 찾아갔을 때, 제니퍼는 붉은 얼굴의 나를 쳐다보며 말했지, '당신이 비니인가요, 비니, 머리 좀 올려봐요, 사람을 볼 때는 눈을 봐야지요, 줄리 말처럼 생각보다 허수아비처럼 생기진 않았네요, 잊어요, 줄리를 그만 놓아줘요, 더 이상 당신도 줄리도 힘들게 하지 말아요, 필요하면 진료 신청하고 다시 찾아와요', 법정에서 선고를 내리는 판사처럼 준비된 말을 또박또박 끊어서 말했지, 누가 나를 비니라고 부르라고 했어, 나를 비니라고 부르지 마, 비니는 멜라니와 줄리만 부를 수 있어, 억워드, 나를 빈센트라고 불러, 아니, 부르지 마, 나의 못생긴 왼쪽 귀가 찌그러지는 게 느껴졌어, 떨리던 심장은 더 심하게 요동쳤고, 입은 얼어붙어 아무 말도 할 수 없었지, 시선을 둘 곳을 찾지 못한 나는 제니퍼의 귀를 보았지, 징그럽고 갈색 솜털이 난 귀를, 나를 더 못 참게 만든 건 미소였어, 제니퍼의 미소 때문에, 무슨 의미로 그런 표정을 짓고 있는지 알 수 없는, 참을 수 없는 미소 때문에 말이야, 나의 모든 과거를 알고 비웃는 것만 같은 미소였어, 충분히 비웃어도 좋을 만큼 짧고 형편없는 삶을 살았지만 그렇게 미소를 지으며 비웃는 것은 누구라도 견디기 힘들 거야, 그 미소 뒤에 줄리가, 억워드, 검은 눈동자를 굴리며 나를 쳐다보고 있는 것만 같았어, 그때 제니퍼에게 달려들어 책상의 레터나이프로 제니퍼를 찔러야 했는지도 몰라, 차라리 그래야 했었는지도, 그렇다면 지금쯤, 아니 오래전에 모든 게 끝나고 다시 각자의 자리로 돌아갔을 거야, 그럴 수 없었지, 내가 몇 번이나 말했는지 몰라, 내가 그럴 수 있는 인간이라면 지금 제니퍼가 이렇게 내 앞에 있지 않을 거야, 어떻게 사무실에서 빠져나왔는지 기억이 없어,"

"나는 다시 블랙엠마에서 식은 카페오레를 앞에 두고 줄리를 기다렸지, 억워드, 그렇지 않아, 줄리가 오지 않는다는 것을, 억워드, 잘 알고 있었지, 더 이상 사람들의 얼굴과 걸음걸이가 우습게 보이지 않았어, 양복을 빼입은 남자가 지나가고, 경찰관들이 지나가고, 은발의 할머니가 입을 우물거리며 지나가고, 덩치 큰 흑인 여자와 단발머리에 키가 큰 동양 여자가 손을 잡고 걸어갔지, 저 여자는 어디에서 왔을까, 중국, 일본, 한국, 제주아일랜드, 한라마운틴, 돌, 바람, 여자, 줄리 러브, 억워드, 도로에서 땅을 파는 공사를 하고 있었지, 블랙엠마가 그 소리에 진동했고, 내 몸을 떨게 했고, 공사 현장을 지켜보다가 나는 핸드폰으로 거리의 소음을 녹음했지, 이게 마지막이라는 생각으로 말이야, 다시는 블랙엠마에 앉아서 아무 책이나 들고 읽는 척을 하면서 거리와 사람을 쳐다보지 않기로 했지, 이날을 기억하자고, 이날의 소음을 기억하자고, 스스로를 다독이며 녹음을 했지, 「Beach B」의 러닝타임처럼

28분 53초 동안, 왜 그래야 했을까, 왜 그러지 않으면 안 되는 거지, 달리 내가 무엇을 할 수 있었겠어, 내 정신이 이끄는 대로 내 몸을 움직일 수밖에, 지금 헤드폰을 통해 그날의 소음이 들려온다면, 어떤 사람들이 어떤 표정을 지으며 걸어가고 있을까, 모두들 잘도 걸어가지, 두 다리가 멀쩡하니까, 두 다리가 고장 날 때까지 걸어가는 거지, 안녕, 머저리들, 죽을 때까지 걸어나 다녀라, 그날 내 눈앞을 지나쳤던 사람 중의 누군가는 이미 죽었을 거야, 아주 잔인하게 죽었는지도 몰라, 머리에 구멍이 뚫리고, 왼쪽 손가락 마디마디가 줄톱에 잘리고, 중국 바늘로 입술이 꿰매지고, 내장이 터져나오고, 통조림 따개로 오른쪽 가슴이 도려지고, 더 이상 두 발로 땅을 디딜 수 없게 됐는지도 몰라, 왜 안 그러겠어, 시간이 많이 흘렀는데, 십만 년은 더 지난 것 같아, 하지만 그날 이후 나의 달력은 넘어가지 않아, 오늘이 며칠이지, 내가 나의 목소리를 녹음한 오늘, 제니퍼가 나의 목소리를 듣고 있는 오늘, 오늘은 9월 1169일이야, 그보다 오래되었을 거야, 시간이 이렇게 빨리 흘러갔다는 게 놀랍지, 제니퍼는 그때와 다름없이 머리를 묶고 완벽한 화장을 하고 얼굴 근육에 힘을 주고 있지만, 나는 살이 많이 쪘지, 지푸라기가 터져 나온 허수아비가 된 거야, 잠을 잘 자지 못하는데도 살이 계속 불어난 것을 이해할 수 없어, 수염까지 있으니 제니퍼는 나를 알아보지 못했지, 다행이야, 지금은 겨울이고, 곧 눈이 내릴 거야, 내리는 눈발을 헤치며 눈밭에 피를 뚝뚝 떨어뜨리며 걸어가게 될 사람은 누구일까, 제니퍼, 나는 제니퍼를 선택했고, 제니퍼는 선택받았지, 아니 그 반대야, 제니퍼가 나를 선택했고, 나는 선택받았지,"

"나는 집을 팔고 핸드폰과 헤드폰만 챙겨 볼티모어를 떠나 디트로이트로 갔지, 멜라니가 어린 나의 귀에 못이 박히도록 말한 'SCARECROW' 술집을, 흔적이라도, 찾아보려고 했지만 쉽지 않았지, 디트로이트 강변을 따라 거닐었지만 컨트리 음악이 들릴 만한 술집은 보이지 않았어, 'Cafe Crow'라는 간판이 있어 혹시나 해서 들어가 물어보니 나를 이상한 사람 취급 하더군, 중국인과 아랍인이 몰려 사는 허름한 창고 같은 곳에서 아무것도 하지 않고 지냈지, 우울하거나 외롭지 않았어, 벌레가 된 기분이었지, 벌레의 기분도 모르는 진정한 벌레 말이야, 가끔 핸드폰에 녹음된 블랙엠마 거리의 소음을 들어 보곤 했지만 끝까지 듣지 못하고 꺼 버렸지, 하루에 한 번 기름 범벅인 싸구려 케밥을 먹거나 짜고 맵기만 한 중국식 볶음국수로 끼니를 때웠지, 그래도 살이 이렇게 불어난 건 이상한 일이야, 이상한 일은 그것보다 더 많았어, 어느 날 우연히 길에 버려진 책을 주워 읽게 되었지, 블랙엠마 북스토어를 떠올리며 책을 읽었지, 처음으로 집중해서 무언가를 읽은 거야, 이상하게 모두 내 얘기 같았어, 그날부터 거리에 버려진 책들을 주워 읽었지, 내가 읽은 것은 삼류 소설과 잡지들 그리고 자기 계발에 관한 책이 대부분이었지, 한마디로 쓰레기들이었는데, 쓰레기들을 꾸역꾸역 머릿속에 집어넣는 재미가 쏠쏠했지, 다 읽은 책은 다시 쓰레기통에 버리고 거리에서 새로운 책을 주울 때까지 기다렸지, 그렇다고 책을 줍기 위해 거리를 돌아다닌 것은 아니야, 그렇게 일 년을 넘게 보냈지, 그사이 자동차 클랙슨을 만드는 공장에 취직했지만 한 달을 못 버티고 뛰쳐나왔지, 클랙슨 소리에 왼쪽 귀는 더 찌그러지고 멀쩡하던 오른쪽 귀마저 찌그러지는 것만 같았어, 줄리에 대한, 억워드, 기억도 자연스럽게 사라졌지, 정말 피곤한 여자였다고, 그냥 똥을 잘못 밟은 거라고, 다시는 동양 여자를 만나지 않겠다고, 스스로를 위로하기도 했지, 그렇게 모든 걸 잊고 있다고 생각했는데 그렇지 않더라고, 잊을 수 있는 것은 아무것도 없었어, 잊고 있다고 착각하면서 살고 있었을 뿐이지, 망각 역시 착각일 뿐이야,"

"삶은 구역질의 연속이라고, 솔랑쥐 앤블랙은 썼지, 그래 맞아, 제니퍼의 초록색 눈동자가 흔들리는군, 제니퍼의 눈동자가 흔들린다는 것은 내가 먼저 흔들리고 있다는 뜻이야, '당신의 눈동자가 흔들리는 것은 내가 먼저 흔들리고 있다는 뜻이야,' 이 말도 솔랑쥐 앤블랙이 쓴 문장이야, 빌어먹을, 우연히 코인 워시 앞에 버려진 솔랑쥐 앤블랙의 소설 『기술 시대의 살인』을 읽고 말았지. 그레이트 미스터리 수상작 엠블럼이 붙어 있는, 내가 읽은 거야, 살면서 우리가 부딪치는 크고 작은 사건들은 정말 우연일까, 그 우연 때문에 삶이 한순간에 달라질 수도 있을까, 더 나쁜 쪽으로 달라질 수 있을까, '작가의 말'에서 솔랑쥐 앤블랙은 제니퍼의 이름을 들먹이며 우정과 존경의 표시를 했지, 내 영혼과 욕망의 치유자, 제니퍼 린 스콧이 아니었다면 소설을 계속 쓰지 못했을 거라고 말했지, 제니퍼의 이름을 본 순간 내가 잊고 있는 것은 아무것도 없다는 생각이 들어 입에 침이 고이고 심장이 뛰기 시작했어, 처음으로 나는 돈을 주고 책을 사게 되었지, 솔랑쥐 앤블랙의 모든 소설을 사서 읽었지, 소설을 읽으면서 내가 무언가를 찾고 있다는 것을 알았어, 그리고 나는 그것이 무엇인지 점점 알게 되었어, 여러 소설들에 나온 이야기를 종합해서 살인자가 대상을 미행하는 법, 접근하는 법, 수면제를 만드는 법, 다양한 도구를 이용해 장소와 시간대별로 사람을 죽이는 법, 시체를 처리하는 법 등을 적용해 볼 수 있을 거라 생각했지, 읽은 대로 실천하는 법을 배운 거지, 솔랑쥐 앤블랙의 소설은 나의 교과서였어, 제대로 된 교과서를 처음 만난 거지, 십 대의 시간이 음악적 광기였다면 이제는 언어적 광기의 삶을 살고 있는지도 몰라, 언어적 광기라니, 솔랑쥐 앤블랙은 그런 말을 잘도 쓰더군,"

"나는 다시 볼티모어로 돌아와 반년 동안 제니퍼를 관찰했고, 약해지지 말자고 자신을 다독이며 정신을 무장했지, 정신을 무장할수록 살이 더 쪘지, 둔하고 순하게 보이도록 래빗버거빌에서 매일 그린버거세트를 먹었지, 콩 튀김과 함께, 손에 기름을 잔뜩 묻혀 가며,

단 한 번뿐인 도전이었어, 내 삶의 처음이자 마지막으로 전부를 걸고 도전하는 거지, 이것이 나의 전부일까, 지금이 내 삶의 정점일까, 어떻게 끝을 내야 할까, 나의 말끝에는 항상 물음표가 매달려 있지, 책을 읽고 나서부터는 더 그랬던 것 같아, 내 목소리가 들려, 왜 줄리를, 억워드, 찾지 않았냐고 궁금해할 거야, 왜 내가 줄리를 찾지 않았겠어, 억워드, 줄리를 찾을 수 없었지, 억워드, 줄리는 이미, 억워드, 필라델피아를 거쳐 뉴욕으로 갔는지도 모르지, 그랬을 거야, 다시 볼 수 있을까, 다시 볼 수 있다면, 다시 볼 수 없다면, 그 이유가 제니퍼 때문이라면, 제니퍼를 죽일 생각은 없어, 나는 제니퍼를 죽이지 않을 거야, 이건 소설이 아니야, 나는 소설 속의 살인자가 될 수 없어, 내가 누군가를 죽일 수 있는 사람이라면 지금 이렇게 제니퍼가 의자에 묶인 채 헤드폰으로 녹음된 나의 목소리를 듣고 있지 않겠지, 제니퍼는 아마 나의 목소리에 질려 스스로 혀를 깨물지도 몰라, 나의 지리멸렬한 이야기에 지쳐 잠들어도 좋아, 아주 우스꽝스러운, 부조리한 결말이 될 거야, 나의 목소리는 사라지지 않아, 입가에 말라붙은 피를 찔끔찔끔 삼키며, 언젠가 피 맛이 그리워 입술을 깨물어 피를 낼지도 몰라, 제니퍼의 미소는 다시 돌아오게 될 거야, 많은 일들이 일어난 건가, 다들 그렇게 살고 있지 않나, 다를 것도 없어,"

"내가 누군가를 죽여야 한다면 그건 바로 나 자신일 거야, 나는 비니를, 빈센트를, 빈센트 러브를 죽일 거야, 제니퍼, 마음이 심란하고 외로운 사람들이 정말 자신을 3인칭으로 부르면 마음의 거리를 유지할 수 있다고 믿어, 물음표, 연쇄살인마 테드 번디는 자신을 3인칭의 대상으로 만들어 진술했지, 자신이 한 짓을 마치 남이 한 것처럼, 죄를 위장하기 위해서, 역으로 끔찍한 살육의 현장을 들려주었고, 목소리로, 목소리로만, 우리는 언제든 그 목소리를 들을 수 있지, 누구나 그 목소리를 따라 할 수 있어, 녹음된 테디 번디의 목소리가 떠돌고 있지, 기술 시대의 살인이란 그런 것일까, 비니의 목소리가 계속 들려, 나의 말끝에는 언제나 물음표, 나에게 비니의 목소리는 들리지 않아, 제니퍼는 비니의 목소리를 들으며, 비니의 죽음을 보면서, 비니의 몸에서 빠져나가는 피의 지도를 보면서, 제니퍼가 흘린 피는 아무것도 아니라고 생각하게 될 거야, 제니퍼, 나를 비니라고 부르지 마, 제니퍼는 제니퍼의 이름으로, 나의 이야기를 하게 될까, 제니퍼가 알고 있는 심리학 지식으로 나를 분석하겠지, 소설가 친구에게 이야기를 하게 될까, 솔랑쥐 앤블랙은 나의 이야기를 소설로 쓰게 될까. 제니퍼로부터 정신병리학 용어들을 이것저것 갖다가 나를 닮은 인물을 만들까, 제목은 어떻게 붙일까, 나를 엿 먹이기 위해「Suicide Fatty」라고 붙일 수도 있겠군, 더러워, 그런 제목을 붙인다는 것은, 참아 줄 수 없어, 나의 이야기를 누군가 읽게 될까, 어딘가에서 줄리가 살고 있다면, 억워드, 읽게 될까, 줄리는, 억워드, 나의 이야기를 찢어 제주아일랜드 바다에 버리게 될까, 한라마운틴에 묻어 버릴까, 그랬으면 좋겠군, 나도 그럴 만한 인간이 될 수 있지 않겠어, 나의 말끝에는 항상 물음표가 매달려 있지, 모르겠어. 그러지 않았으면 좋겠어, 그러면 안 돼, 내가 결정할 수 있는 건 아무것도 없어,"

"삶은 구역질의 연속이야, 197페이지, 이든 머리는 마지막 살인을 끝내고 오가닉 타르타르 소스를 잔뜩 뿌린 뇌를 게걸스럽게 먹으며 말하지, 이런 병신, 뇌를 전혀 쓰지 않았잖아, 삶은 구역질의 연속이야, 어떻게 그런 소설을 쓸 수 있지, 어떻게 그런 사람을 친구로 둘 수 있지, 내가 상관할 바는 아니지만 세상이 그렇게 잔인한가, 뇌를 먹다니, 나의 뇌를 꺼내 제니퍼에게 보여 줄 수 있다면 좋겠어, 제니퍼의 초록색 눈동자가 흔들리겠지, 더 이상 흔들릴 수 없을 때까지 흔들리겠지, 내가 흔들리고 제니퍼의 초록색 눈동자가 흔들리고 흔들리고 흔들려서 흔들림으로 남아, 나는 제니퍼를, 제니퍼, 이제 당신으로 되돌아가, 나는 당신의 이름을 부르지 않았지, 부르지 않을 거야, 이제 부를 수 없어, 이름 따위가 뭐라고, 이름 따위는 칠면조 똥구멍이나 핥으라지, 삶은 구역질의 연속이야, 손목이 좋은지, 목이 좋은지, 아직 결정을 내리지 못하겠어, 사랑하는 나의 손목, 사랑하는 나의 목, 나의 이름은 빈센트 러브야, 나의 부끄러움, 나의 어지러움, 나의 흔들림, 나의 멀어짐, 나의 아득함, 나의 망막함, 나의 사랑, 그러나 버릴 수 없는 나의 왼쪽 귀, 못생긴, 조금만 더 기다려 줘, 당신은 인내심이 부족해, 왼쪽 손으로 오른쪽 귀를 가리면 왼쪽 귀가 보이지, 오른쪽 손으로 왼쪽 귀를 가리면 오른쪽 귀가 보이지, 왼쪽 손목을 그으면 목에서 피가 날 수 없을까, 오른쪽 손목을 그으면 목에서 피가 날 수 없을까, 나의 말끝에는 항상 물음표가 매달려 있지, 블랙엠마 북스토어 거리의 풍경 속으로 누군가 걸어가고 있을 거야, 줄리는 아니야, 억워드, 억워드, 억워드가 멈추지 않아, 그 누군가가 사라지고 풍경도 지워지면 눈이 내릴 거야, 눈밭에 피를 뿌릴 거야, 『이든 머리』의 독백은 콜테스의 『숲에 이르기 직전의 밤』의 마지막 문장을 흉내 내며 끝나지, '이런 밤 같은 낮, 머리, 그리고 언제나 피, 피, 피, 피', 처음부터 다시 나의 목소리를 녹음할 수 있다면 이렇게 시작할 거야, '우리는 눈 속에 파묻힌 물고기야', 그리고 이렇게 끝낼 거야, '이런 소음 같은 사랑, 줄리, 그리고 언제나 눈, 눈, 눈, 눈', 끝나지 않아, 다시 시작할 수도 없어, 오늘은 9월 1169일, 어쩌면 그다음 날, 지금은 겨울이고, 곧 눈이 내리고, 말들이 얼어붙고, 모든 말들이 얼어붙기 전에, 사람들은 당신의 이름을 부르겠지, 나의 이름은 부르지 않을 거야, 그게 슬픈 일일까, 그것이 나의 비극일까, 이름 따위, 억워드,"

5부_____줄리와 차미 그리고 하순한스

눈이 내리고 있다. 언제부터 눈이 내리고 있었을까. 이렇게 많은 눈이 내리는 건 처음 봐. 줄리는 생각한다. 약물은 물론 담배마저 끊었는데 내리는 눈을 보고 있으니 담배 생각이 간절해진다. 줄리는 장례식장 주변을 거닌다. 마침 건물 뒤편에서 한 남자가 담배를 피우고 있다. 스왓컷 스타일의 동그란 머리 위로 담배 연기가 퍼지고 있다. 엉거주춤하게 서 있는 마른 남자 옆 벽에 놓인 브라운 지팡이가 눈에 들어온다. 수제로 만든 것인지 나뭇결이 살아 있다. 문상객이 거의 없는 장례식장 한구석에 앉아 혼자 맥주를 마시던 남자다. 줄리는 시어링 후드 코트 주머니에 손을 찔러 넣은 채 남자에게 다가간다.

"저기, 담배 주세요, 하나."

부정확한 발음과 낯선 말투에 남자가 의아한 표정으로 줄리를 쳐다본다. 줄리가 어깨를 으쓱거린다. 남자는 검은색 스웨이드 재킷 주머니에서 은색 담배 케이스를 꺼내 뚜껑을 열어 내민다. 줄리가 담배 한 개비를 집는다.

"오, 레드 말보로. 감사합니다."

줄리의 말에 남자가 고개를 숙여 인사한다. 담배를 입에 문 줄리가 입꼬리를 올리며 말한다.

"파이어 플리즈."

남자가 이번엔 살짝 인상을 구기며 통이 넓은 코듀로이 바지 주머니에서 지포라이터를 꺼내 줄리의 담배에 불을 붙여 준다. 가늘고 긴 눈매에 눈동자가 빛을 내고 있다. 볼이 팬 얼굴에 깔끔하게 면도한 수염 자국이 보인다.

"베리 감사합니다."

줄리가 담배 연기를 뱉으며 말한다. 남자가 아무 말없이 다시 고갯짓을 한다. 콰이어트맨이네. 줄리는 생각한다. 담배를 물고 줄리는 몇 걸음을 뗀다. 오른쪽 손바닥을 펼쳐 내리는 눈을 받는다. 아주 미세한 따가움과 차가움이 전해진다. 눈은 곧 녹는다. 손바닥에 맺힌 물방울 위로 새로운 눈송이가 닿는다. 눈송이가 녹을 동안, 담뱃불이 타들어 가는 동안 사람들은 무슨 생각을 할 수 있을까. 오랜만에 피우는 담배 맛이 온몸으로 퍼지는 것만 같다고, 줄리는 생각한다.

남자가 손가락으로 담배를 팅겨 불을 끈 뒤 재킷 주머니에서 휴대용 재떨이를 꺼내 꽁초를 집어넣는다. 은색 재떨이가 반짝거린다. 남자가 왼손으로 지팡이를 잡는다. 머리를 한 번 쓸어내린 뒤 지팡이에 의지한 채 남자는 허리를 오른쪽으로 살짝 비틀며 걸어간다. 눈 위에 발자국과 지팡이 자국이 선명하게 보인다. 어쩌다 다쳤을까, 몇 살쯤 되었을까, 한국 남자들의 나이는 잘 구별이 안 가네, 줄리는 생각한다. 남자가 장례식장 건물 모퉁이를 돌아 사라진다. 남자가 사라진 뒤에도 잠시 동안 눈밭을 지치는 걸음 소리가 들려온다. 저 걸음 소리도 음악이 될 수 있을까. 모든 소리는 음악이 될 수 있어. 줄리는 차미의 말을 떠올린다.

날이 저물고, 눈송이가 점점 커지고 있다. 줄리는 혀를 내밀어 눈송이를 받아먹는다. 어디선가 개 짖는 소리가 들려온다. 멀리 눈 덮인 산이 희미하게 보인다. 바다는 보이지 않는다. 하지만 멀지 않은 곳에 바다가 있다. 차를 타고 오는 동안 계속 바다를 봤다. 줄리는 걸어서 바다에 닿는 길을 가늠해 본다. 바다에도 눈이 내리고 있겠지. 예쁘겠다. 줄리는 오른쪽 눈을 비비며 생각한다. 한국말로 보는 눈과 내리는 눈은 같은 발음이라고 배웠다. 보는 눈은 짧게, 내리는 눈은 길게 발음해야 한다고도 배웠다. 그 차이를 아직도 잘 모르겠다고 줄리는 생각한다. 그런 건 중요한 게 아니야. 차미는 말할 것이다. 그래, 그게 무슨 상관이야. 줄리는 생각한다. 보는 눈과 내리는 눈 모두 예쁜 단어다. 눈과 눈이 같은 입 모양에서 같은 발음으로 나온다는 것이 흥미로웠다. 눈이 눈을 보고 있다. 눈에 눈이 내린다. 눈에 눈이 떨어진다. 눈에 떨어진 눈이 빛난다. 눈에 떨어진 눈은 녹지 않는다. 눈이 눈을 덮는다. 눈앞이 눈으로 덮여 있다. 아무것도 보이지 않는다. 눈 안에도 눈이고 눈 밖에도 눈이다. 그리고 언제나 눈, 눈, 눈, 눈.

　귓속에 눈송이가 들어간 것만 같아, 줄리는 생각한다. 눈송이는 녹지 않는다. 눈송이가 얼어붙는다. 눈송이는 딱딱하고 뾰족한 얼음송곳이 되어 귓속을 찌른다. 얼음의 목소리가 들린다. 지금도 누군가가 그 목소리를 듣고 있을까. 누구나 쉽게 그 목소리를 들을 수 있다. 그 목소리를 따라 할 수 있다. 그 목소리를 흉내

낼 수 있다. 지금도 누군가가 그 목소리를 듣고 있을 것이다. 그 목소리가 다시 들려오기 시작한다. 더 이상 그 목소리가 들려오지 않는다고 안심할 때마다 어김 없이 목소리가 들려온다. 그 목소리는 끝까지 들을 수 없어, 그 목소리는 끝까지 들을 수 없는 목소리야, 그 목소리는 끝까지 들어서는 안 돼, 줄리는 머리를 흔들며 생각한다. 필터 가까이 담뱃불이 번져 있다. 한 모금 더 빨 수 있을까. 줄리는 남자가 했던 것처럼 담뱃불을 손가락으로 틱틱 튕겨 본다. 불티가 눈 위에 떨어진다. 눈이 먼저 녹을까. 불이 먼저 꺼질까. 줄리는 눈 위에 꽁초를 던진 뒤 발로 비빈다. 맨발로 눈을 밟으며 걷고 싶다고, 줄리는 생각한다.

"이 목소리가 맞지요?"

자신을 코트니라고 부르라던 여자 형사의 물음에 줄리는 고개를 끄덕였다. 테이블에 놓인 커피 잔에 줄리의 팝아트핑크 립스틱이 묻어 있었다.

"빈센트 러브의 목소리가 분명하지요?"

"이미 다 들었어요. 지겨워요. 그만 꺼 주세요."

테이블 모서리에 걸터앉아 있던 코트니가 랩톱의

스페이스바를 눌렀다. 사운드 그래프가 멈췄다.

"줄리, 빈센트 러브를 사랑했나요?"

코니트는 그렇게 묻지 않았다. 만약 그런 말을 했다면 줄리는 커피 잔을 들어 랩톱에 쏟아 버렸을 것이다. 코트니는 얼마나 많이 빈센트의 녹음된 목소리를 들었을까. 녹음 파일을 재생하고 도넛을 먹으며 형사들과 이러쿵저러쿵 떠들었겠지. 줄리는 어떻게 생겼을까, 완전 맛이 갔네, 빌어먹을 억워드, 둘이 떡치는 소리야 뭐야, 한국은 왜 그렇게 입양을 많이 보낸 거지, 이봐, 우리 할아버지가 한국전쟁 참전 용사였다는 얘기 했었나, 이런 말들을 늘어놓았을지도 모른다. 내가 빈센트를 사랑했나? 그 허수아비 같은 아이를? 러브브 했다고? 죽어서도 나를 힘들게 할 줄이야, 줄리는 생각했다.

"곤란한 일이나 문제가 생기면 연락 줘요."

코트니가 내민 명함을 줄리는 청바지 뒷주머니에 구겨 넣었다. 이런 건 아무것도 아니야. 빈센트의 죽음이 나와 무슨 상관이야. 줄리는 생각했었다. 하지만 생각처럼 되지 않았다. 이전보다 많은 약을 입에 털어 넣었지만 계속 목이 타는 듯 말랐고, 잠은 더 오지 않았다. 커튼을 치면 방 안에 먼지투성이 어둠이 가라앉았고, 커튼을 젖히면 창밖은 뿌연 어둠 속이었다. 빈센트가 주기적으로 찾아와 입을 열었다. 바닥에 지푸라기가 가득했다. 입 밖으로 빠져나온 빈센트의 목소리가 그래픽랙귀지처럼 방 안을 떠다니다 줄리의 목과 팔목을 옭아맸다. 하지만 그건 빈센트의 목소리가 아니었다. 빈센트의 언어가 아니었다. 곤란한 일이나 문제가 생기면 찾아오라는 사람들은 많았다. 누구를 찾아가야 할지 알 수 없었다.

도시의 건물들이 젤리처럼 투명해 보였고, 바다으로 발이 푹푹 빠지고 있었다. 식은땀을 흘리며 찾아간 제니퍼의 사무실은 예상대로 닫혀 있었다. 사무실 문에는 색과 모양이 다른 포스트잇이 붙어 있었다. 기적적으로 살아난 제니퍼에 대한 응원과 격려의 메시지들이 가득했다. 제니퍼는 기적적으로 살아난 것이 아니야, 빈센트의 계획대로라면 제니퍼는 애초에 죽을 이유가 없었어, 빈센트는 제니퍼를 죽일 수 있는 사람이 아니야, 제니퍼는 빈센트에게 죽임을 당할 만한 사람이 아니야, 줄리는 생각했다. 제니퍼를 향한 사람들의 목소리가 들려왔다. 제니퍼를 비난하는 목소리도 있었다. 빈센트를 옹호하는 목소리도 있었다. 줄리는 나쁜 년이 되었다. 목소리는 점점 늘어 갔다. 수십, 수백, 수천, 수만 개의 혀가 제니퍼와 빈센트를 향해 소리치고 있었다. 사람들의 목소리는 이해할 수 없는 언어였다.

어떤 경로로 빈센트의 녹음 파일이 유출되었는지 모르겠지만 클라우드, SNS, 유튜브 등에서 아무렇지도 않게 공유되고 있었다. 스너프 노이즈에 가까운 오디오북에 사람들의 귀가 열리고 눈동자가 흔들리고 손가락이 움직였다. 빈센트의 녹음 파일과 사건에 대한 이야기들이 #VincentLove #awkward #JenniferLynnScott #SolangeAnnblack #EdenMuhly #BlackEmmaBookstore 등의 해시태그를 달고 빠른 시간에 전 세계로 퍼져 나갔다. 사람들이 빈센트를 흉내 낸 동영상을 만들어 유튜브에 올리기 시작했다. 영어, 독일어, 한국어, 프랑스어, 일본어, 아랍어, 노르웨이어, 중국어, 스페인어, 러시아어 등을 쓰는 빈센트가 등장했다. 빈센트는 가난하고 부유하고 소외되고 한가하고 패배감에 찌든 허세 쩌는 젊은이들의 장난감이 되었다. 심지어 카세트테이프나 릴테크에 빈센트의 목소리를 재녹음해 '빈티지빈센트'라는 제목으로 파일을 올리기도 했다. 뉴욕에서 활동하던 젊은 예술가들이 모여 '억워드'을 인용해 '왁워드Wawkward'라는 그룹 이름을 짓고 빈센트의 이야기를 포스트 드라마로 만들어 공연했다. PA 스피커를 통해 빈센트의 목소리가 터져 나왔고, 댄서가 몸짓 연기를 펼쳤고, 사운드아티스트가 두 대의 턴테이블로 음악을 틀고 오디오 인터페이스로 노이즈를 만들었다. 관객들은 바닥에 깔린 LP판을 밟으며 빈센트의 목소리와 컨트리송을 따라 하고 힙합에 몸을 흔들었다. 모든 소리들이 광기의 사운드퍼포먼스가 되었다. 비난과 열광이 섞인 감상평들이 인터넷에 올라갔다. 자신이 앤디 워홀의 사생아라고 주장해 유명세를 얻은 정신 나간 문화비평가 홀리 심플이 사뮈엘 베케트의 「크라프의 마지막 테이프(Krapp's Last Tape)」를 언급하며 '빈센트의 마지막 트랙',이라고 이름 붙이기도 했다. 빈센트의 목소리에 담긴 솔랑쥐 앤블랙의 책이 화제가 되었고, 『이든 머리』가 영화 제작에 들어갔다. 빈센트가 인터넷 키워드가 되자 줄리는 쓰레기 같은 기자들과 좀비 같은 네티즌들에게 시달려야 했다. 줄리를 입양한 셜리 위드마크가 방송에 나와 줄리는 착한 아이였다고, 집으로 돌아오라고, 울면서 인터뷰를 했다. 모방 범죄를 우려하는 목소리가 들리는 가운데 일본 시코쿠의 사나기시마에서 이십 대, 삼십 대 청년 세 명이 인스타그램 라이브로 빈센트를 언급하며 자살 퍼포먼스를 펼쳤다. 경찰이 출동했을 때는 이미 숨이 끊긴 뒤였다. 고양이 섬이라는 이름에 걸맞게 피가 낭자한 혼란스러운 화면 뒤로 고양이들이 한가롭게 걸어 다니는 풍경이 잡혔다. 빈센트의 녹음 파일 업로드와 유포는 법적으로 금지되었지만 이미 개개인의 컴퓨터와 휴대폰에서 빈센트의 목소리가 되살아나고 있었고 마음만 먹으면 언제든 들을 수 있었다. 인터넷 매체 속성과 시대의 흐름상 빈센트에 대한 사람들의 관심은 반년도 안 돼 사그라들었다. 줄리를 찾고, 줄리에 대한 악의적인 소문을 퍼뜨리는 글들도 사라졌지만 줄리는 여전히 자신이 나쁜 년이라는 꼬리표를 달고 있다고 생각했다. 약물에 다시 손을 대고 끊기를 반복하다가 줄리는 제니퍼의 소개로 여성 약물중독자를 위한 인권 센터 'Don't Take!'의 설립 멤버이자 법률 자문을 맡고 있는 차미를 만나게 된 것이다.

"변호사님 말고 언니라고 불러요. 시스터 아니고 한국말로 언니!"

차미의 제안에도 불구하고 언니라고 부르기까지는 두 달이 걸렸다. 차미 언니라고 부르자 줄리는 언니,라는 어감이 좋다고 생각했고, 어니언니 하면서 말장난을 할 정도로 차미와 친해지게 되었다. 차미 언니는 정말 어니언언니야, 맵기도 하고 달기도 하고 너무 강해서 부러질 것 같다가도 한없이 부드러운 크림으로 변하고 몇 개의 모습인지 몰라, 줄리는 생각했다. 줄리는 차츰 회복되었고, 한국말을 배우기 시작했다. 차미 언니의 권유와 도움으로 'Don't Take!'에서 일을 하게 되었다. 이후에도 문득문득 찾아오는 불안과 조울성 발작에 시달릴 때면 핸드폰 케이스에서 「Frozen」 엘사 메모지를 꺼내 차미 언니가 써 준 한글을 읽곤 했다. '줄리, 눈물을 억지로 참지 마.'

억지로 참으려 하는 것도 아닌데 이상하게 눈물이 나오지 않는다. 조문객은 드문드문 앉아 있다. 내일이 발인이다. 시간이 어떻게 흘러갔는지 모르겠다고 차미는 생각한다. 차미는 바닥에 앉아 엄마의 영정 사진을 다시 바라본다. 올봄에 엄마가 메시지로 보내 준 사진이다. 그나마 사진 속 엄마는 환하게 웃고 있다. 배경에 유채꽃이 보인다. 누가 찍은 것일까, 차미는 생각한다. 급한 일을 정리하고 볼티모어를 떠나 제주도에 도착해 아직 온기가 있는 엄마의 손을 잡을 때까지 꼬박 삼 일이 걸렸다. 난소암 진단을 받고 자연 치료 중이었던 엄마의 상태는 갑작스럽게 악화되었고, 차미가 제주도에 도착했을 때는 마지막 숨결을 확인할 수밖에 없었다. 엄마의 지인 몇 명이 장례를 도와주고 있다. 최소의 장례 절차를 갖추고 있었지만 신경 쓸 일이 많았다. 줄리와 함께 와서 다행이라고, 가끔 천방지축이 되지만 많은 도움과 위안을 준다고, 차미는 생각한다. 줄리 대신 솔랑쥐와 함께 이 자리를 지키고 있다면 어땠을까. 차미는 엄마에게 솔랑쥐 사진을 핸드폰으로 보내며 가장 사랑하는 친구라고 했었다. 엄마는 웃었던가. 웃었을 것이다. 엄마 특유의 웃음소리가 들려온다. 엄마의 웃음소리는 전염성이 강했다. 하지만 흉내 낼 수는 없었어, 차미는 생각한다. 솔랑쥐도 이상하게 웃었지. 바짝 구운 애플크림파이가 부서지는 소리였어. 엄마와 솔랑쥐가 같이 웃을 수는 없었을까. 그 기이한 웃음소리들을 동시에 들을 수는 없었나. 엄마와 솔랑쥐와 함께 곶자왈을 거닐며 나뭇가지를 밟듯웃음을 터뜨릴 수는 없었나. 그런 일은 이제 일어나지못할 거야, 차미는 상복의 옷감을 만지작거리며 생각한다.

솔랑쥐의 상태는 생각보다 좋지 않았다. 제니퍼와빈센트 사건이 자신의 탓이라는 자책감에 빠져 헤어나오지 못했다. 사건의 직접 피해자인 제니퍼보다 심했다. 오히려 제니퍼는 외상 치료가 끝나고 심리적 안정기를 거치면서 빠르게 회복되었다. 이전보다 강해지고 활기가 넘쳐 보였고, 성형수술로 더 아름다워졌고, 명성을 얻었다. 방송 출연과 여러 지역을 돌아다니며 강연을 했다. 텔레비전 토크쇼에 나와 빈센트는 어릴 적 상처로 타인과의 언어 소통에 문제가 있는, 마음이 약한 사람이었다고, 보다 일찍 상담 치료를 받았으면 이런 비극은 일어나지 않았을 거라고, 말했다. 빈센트의 녹음 파일이 인터넷에 퍼지자 솔랑쥐의 책들이베스트셀러가 되었고, 인터뷰가 쇄도했다. 하지만 솔랑쥐는 일체의 인터뷰를 거절하고 두문불출했다. 사람들의 입에서 빈센트에 대한 이야기가 점점 사라지고 차미와 제니퍼, 그린의 위로와 도움에도 불구하고 솔랑쥐는 깊이를 알 수 없는 늪에 빠져 허우적대고 있었다. 수면제와 위스키를 마시지 않으면 잠을 이루지 못했다. 어색하거나, 곤란하거나, 웃기고 싶거나, 사랑을 하고 싶을 때 솔랑쥐가 사용하는 마음 언어 장치인 복화술까지 잃었다. 솔랑쥐의 랩톱과 책들에는 먼지가 쌓여 갔다. 차미는 자기의 고통을 솔랑쥐가 덜어 준 것처럼 자신도 솔랑쥐에게 그런 사람이 되고 싶었다. 그러기 위해서는 자신이 더 단단해져야 한다고, 차미는 생각했다.

"솔랑쥐, 누구도 너의 잘못이라고 생각하지 않아."

"알아. 하지만 모든 게 나의 잘못 같아. 나의 글이 모두를 망쳤어."

"그렇지 않아. 제니퍼를 봐."

"넌 몰라."

어느 날 집에 돌아온 차미에게 솔랑쥐가 다가와 엎드렸다. 솔랑쥐는 초점을 잃은 눈동자로 울먹이며 자신이 쓴 『기술 시대의 살인』이 이차정의 기사를 읽고 쓴 것이라고 말했다.

"이미 알고 있었어."

차미는 흔들리는 마음을 다잡으며 애써 태연한 척 말했다. 차미의 말에 솔랑쥐가 더 크게 울었다. 그날 둘은 오랜만에 껴안고 함께 잠들었다. 제니퍼의 소개로 솔랑쥐는 다른 의사에게 상담을 받기도 했지만 증상은 더 심해졌다. 심리적 통증과 더불어 글쓰기의 블록 현상(writer's block)이 온 것이었다. 냄새를 맡은 신문 기자가 '솔랑쥐 앤블랙의 신작 기대하기 어려워'라는 제목의 기사를 썼다. 차미는 신문사로 전화를 걸어 기자에게 욕을 퍼부었다. 'You! Fucking shit paper man! You!' 차미의 노력에도 불구하고 솔랑쥐는 그레이트 미스터리 나이트가운을 입으로 물어뜯고 손으로 찢었다. 이 모습을 보고 차미는 더 이상 참을 수 없었다. 차미는 소리를 지르고 솔랑쥐가 마시던 술병을 들어 벽에 던졌다.

다음 날 솔랑쥐는 메모를 남겨 놓고 집을 나갔다. '정말 미안해. 나에게 시간을 줘. 너의 곶자왈, 솔랑쥐.' 차미는 지갑에 들어 있는 「The Peanuts」 라이너스 메모지를 꺼내 읽었다. '차미, 눈물을 억지로 참지 마.' 그리고 트렁크를 들고 솔랑쥐의 집에 처음 도착했을 때 솔랑쥐가 한 말을 떠올렸다. '나는 보기보다 약해요.' 솔랑쥐의 소설 속에 나온 피해자들과 살인자들의 얼굴이 물 그림처럼 나타났다 지워지기를 반복했다. 차미는 몇 년 만에 녹음기를 꺼내 언니의 목소리를 들었다.

일주일 후, 솔랑쥐는 비에 젖은 떠돌이 개처럼 문 앞에 앉아 있었다. 커다랗고 검은 눈이 금방이라도 툭 빠질 것만 같았다. 차미의 부축으로 집으로 들어간 솔랑쥐가 뜨거운 물로 샤워를 하고 나오자 차미는 감귤차를 내밀었다. 제주도에 있는 엄마가 만들어 보내 준 것이었다. 솔랑쥐가 입으로 후후 바람을 불었다. 달고 쌉싸름한 향기가 퍼졌다.

"어디서 뭘 했는지 묻지 않을게. 내 전화를 안 받은 것도 용서할게. 하지만 나이트가운은 원래대로 고쳐 놔. 아니면 새 작품을 써서 다시 받아."

솔랑쥐의 젖은 머리에서 물이 떨어졌다. 눈과 코에서도 물이 떨어졌다. 솔랑쥐가 손으로 코를 훔치곤 심호흡을 했다.

"나 멕시코에 가려고. 생각 많이 했어."

"언제 올 건데?"

"모르겠어. 기다려 줄 수 있어?"

"아니."

"같이 갈래?"

"아니. 그 말을 먼저 해야 하는 거 아니야?!"

"미안해. 오래 걸리지 않을 거야."

"넌 나한테 거짓말 못 하는 거 알지? 기다리라는 말 하지 마. 난 그런 거 싫어. 같이 갈 수도 없고. 이제 겨우 이곳에 자리를 잡았는데, 또다시 모험을 할 수는 없어. 무엇보다 지금 너에겐 내가 필요하지 않아. 그게 너무 슬퍼."

차미는 'Don't Take!' 센터 근처에 집을 구했다. 멕시코에 도착한 솔랑쥐는 여러 지역을 순례하고 있었다. 주기적으로 풍경 사진과 함께 메일을 보내왔다. 차미는 어쩌다 한 번씩 짧은 답장을 보냈다. 센터 일로 차미는 정신없는 시간을 보내고 있었다. 센터에 새로 등록하는 사람들이 점점 늘었고 법적으로 해결해야 할 일이 끝이 없었다. 차미는 일에 매달리면서 감정을 소비할 여유를 갖지 못했지만, 일을 할수록 자신의 삶이 풍요로워진다고 생각했다. 자의든 타의든 삶이 망가진 여자들의 이야기와 고통을 교감하며 몰래 눈물을 흘리기도 했다. 차미는 이제야 제대로 살고 있다는 기분을 느꼈다. 일 년이 지나자 솔랑쥐는 다시 글을 쓰기 시작했고, 그 소설은 한국에서 온 증조할머니 고막라에 대한 이야기라고 했다. 고막라가 우연히 멕시코 여성혁명군 솔다데라스(Soldaderas)에 가담해 겪는 살육과 환상, 그리고 아름다움에 대한 글을 쓸 거라고 했다. 차미는 솔랑쥐가 메일에 링크한 멕시코 가수 미리엄 누녜즈의 「Las Soldaderas」를 들으면서, 솔랑쥐의 언어에 다시 피가 돌기 시작했다고, 솔랑쥐는 소설을 끝낼 때까지 돌아오지 않을 거라고, 어쩌면 그 이후에도 그곳에 머물 거라고, 생각했다. 그즈음 줄리가 센터에서 일하며 차미에게 웃음을 주고 있었다. 차미는 듬성듬성 천을 덧대고 바느질한 그레이트 미스터리 나이트가운을 걸쳐 입고 밤을 새워 일을 하기도 했다. 차미의 집에 놀러 온 줄리가 그 옷을 보고 베리 베리 멋진 집시 옷이네,라고 웃으며 말했다. 차미가 이 옷의 이름은 'Don't Touch!'라고 말하자 줄리가 더 크게 웃었다. 줄리는 맑은 아이야, 차미는 생각했다.

누군가 들어오자 차미가 몸을 일으킨다. 오후에 인

사를 나눈 남자다. 남자는 엄마의 영정 사진 앞에서 한참 동안 고개를 숙인 채 서 있었다. 남자가 지팡이를 짚으며 가까이 다가온다. 머리와 어깨에 눈송이가 묻어 있다.

"괜찮으세요?"

남자에게서 담배 냄새가 난다.

"괜찮아요."

"힘들겠지만 식사 챙겨 드세요."

"네, 그럴게요. 감사합니다."

남자가 고개를 숙여 인사하곤 원래 앉아 있던 자리로 돌아간다. 남자의 오른쪽 바짓단이 살짝 접혀 있다. 남자의 이름은 하순한스라고 했다. 처음엔 귀를 의심하며 들었다. 경황이 없어 잘못 들은 것이라 생각하며 차미는 네, 하고 반문했었다. 남자가 지갑에서 명함을 꺼내 건넸다. 크림색 명함에는 부엉이 로고와 함께 '하순한스북스 HasunHansBooks'라고 쓰여 있었다. 보기보다 재밌는 사람이네. 차미는 미소를 지으며 고개를 끄덕였다. 뒤늦게 엄마와 통화할 때 들었던 말이 생각났다. 엄마는 모슬포에 있는 책방에서 독서 모임을 한다고 했다. 이해할 수 없는 책들도 있지만 재밌다고 했고, 독서 모임 사람들과 뜨개질도 하고 잼도 만들어 먹는다며 좋아했었다. 특유의 웃음소리 속에서 책방지기의 나이가 차미와 같다고 했고, 친절하고 재밌는 사람이라고 덧붙였다.

차미는 음식을 준비하는 주방으로 가 식판에 국수와 김치를 담아 하순한스가 앉아 있는 식탁으로 간다. 식탁 위에는 맥주와 찹쌀순대와 모두부가 놓여 있다. 제주 특유의 장례 음식들이었다. 국수와 김치를 내려놓은 차미가 식판을 든 채 말한다.

"뭐 좀 더 드시겠어요?"

"아, 괜찮습니다."

차미가 주방에 식판을 놓아두고 냉장고에서 맥주두 캔을 꺼내 다시 식탁으로 와 앉는다. 맥주 하나를 건너편에 놓자 하순한스가 고개를 끄덕여 고맙다는 표시를 한다. 너무 오랜만이라 아빠다리를 하기가 힘들어 차미는 다리를 편다. 순간 식탁 아래 하순한스의 발과 닿는다.

"Ah, opps."

"에그머니나."

둘은 동시에 말한 뒤 미소를 짓는다. 차미가 종이컵

에 맥주를 따라 한 모금 마신다. 심심하지만 시원한 맥주 맛이 정신을 깨어나게 한다고, 차미는 생각한다. 젓가락으로 고기를 젖혀 놓고 국수를 먹는다. 입으로 무언가 들어가는 것이 신기하기만 하다고, 차미는 생각한다. 하순한스는 차미가 준 새 맥주 캔을 딴다. 엄마와 친했다던 해녀 할머니가 다가와 차미의 어깨를 잡고 그만 가겠다고, 내일 발인 때 올게, 그나저나 눈이 그쳐야 할 텐데, 일어나지 말고 마저 먹으라고, 말한다. 차미가 할머니에게 인사를 한다. 하순한스도 할머니에게 인사를 한다. 하순한스가 맥주를 마시고 모두부를 잘라 먹은 뒤 말한다.

"승자 삼춘은 좋은 분이셨어요. 사람들도 좋아했고요. 차미 씨를 자랑스러워하셨어요."

오래전 엄마에게 들어 제주도에서는 나이 든 여자들도 삼춘이라 불린다는 것을 알고 있었지만 승자 삼춘이란 말이 왠지 어색하고 웃기게만 들린다고, 차미는 생각한다.

"우리 엄마 웃음소리가 이상하지 않았나요?"

차미가 맥주를 한 모금 마신 뒤 말한다. 차미의 말에 하순한스가 의아한 표정을 지어 보인다.

"그랬었나, 그런 것도 같네요. 삼춘들 웃음소리가 다 그렇긴 하지요."

"엄마가 책을 읽는 모습은 잘 상상이 안 가요."

"아이들에게 동화책도 읽어 주고, 제주 말도 가르쳐 주셨어요."

"제주 말로 언니 뭐예요?"

언제 왔는지 줄리가 차미 옆에 앉으며 묻는다. 차미의 머리와 코트에 눈이 묻어 있고 볼과 코가 빨갛게 얼어 있다.

"눈이 많이 오나 보네. 줄리, 감기 걸리면 안 돼."

"언니는 성이라고 해요."

"눈 너무 좋다. 차미 성."

줄리가 차미 옆에 바짝 붙어 앉는다. 식탁에 눈송이가 떨어진다.

"여기는 줄리고, 미국에서 나와 같이 일하고 있어요. 한국말이 서툰데 귀엽지요? 줄리, 하순한스 씨야. 우리 엄마 친구."

"아순한스?"

"하순한스."

"하순한스? 이름이 왜 그래? 제주 말이야?"

차미가 참았던 웃음을 터뜨린다.

"죄송해요."

차미의 말에 하순한스가 손을 흔들며 같이 웃는다.

"아저씨, 하순한스 아저씨, 콰이어트맨. 말보로맨. 안녕하세요."

줄리가 인사를 한 뒤 젓가락 하나로 식탁에 놓인 찹쌀순대를 찍어 먹는다.

"차미 성, 이 순대 맛있어. 으, 키시카 냄새. 하지만 맛있어."

차미와 하순한스가 동시에 미소를 짓는다.

하순한스는 내일 발인 때 오겠다고 말하며, 차미와 줄리와 인사를 나눈 뒤 장례식장을 나왔다. 눈발이 좀 더 거세져 있다. 밤새 눈이 오면 안 되는데, 하순한스는 생각하며 빨간색 지프 랭글러의 문을 열고 손잡이를 잡고 올라탄다. 남은 술기운이 가라앉을 동안 차 안에 있다 시동을 걸고 핸들을 돌린다. 서귀포 시내를 빠져나와 오랜만에 해안 도로를 따라간다. 밤바다에 떨어지는 눈을 바라보며 모슬포로 향한다.

차에서 내려 걸어가자 책방 안쪽에서 조니가 문 앞

으로 다가오는 모습이 보인다.

"조니, 잘 있었어?"

문을 열고 들어가 조니의 목덜미를 어루만진다. 조니가 꼬리를 흔든다.

"너도 승자 삼촌을 좋아했지?"

하순한스의 말에 점박이 믹스견 조니가 크앙, 하고 짧게 짖는다. 하순한스는 선반에 놓인 백 주년 특별판 『시턴 동물기(Wild animals I have known)』 옆의 간식 바구니에서 수제 치킨껌을 꺼낸다. 조니가 입을 벌리고 하숨하숨 호흡을 뱉는다. 하순한스는 조니의 머리를 쓰다듬는다. 하순한스가 내민 치킨껌을 조니가 덥석 물고 꼬리를 흔들며 자주색 러그가 깔린 자신의 아지트로 가 바닥에 누워 치킨껌을 뜯기 시작한다. 백내장이 시작되었다는 수의사 주홍연우 씨의 말을 떠올리며 하순한스는 조니를 바라본다. 조니, 내가 어떻게 보이니? 노령이라 수술은 어렵고 약물로 병의 진행 속도를 늦출 수만 있다고 했다. 사 년 전 유기견 센터에서 데려왔다. 자신을 데려가라고 눈빛을 보내는 다른 강아지들과 달리 구석에 머리를 박고만 있었다. 입양한 뒤 두 달이 지나서야 본래의 밝은 성격을 되찾았다. 이제 조니 눈에 세상은 푸른 먼지 뭉치들이 떠다니는 것처럼 보일 거라는 연우 씨의 말에 하순한스는 조니가 지금까지 세상을 어떻게 보고 있었는지 자신이 궁금해하지 않았다는 것을 뒤늦게 알았다. 조니, 내가 어떻게 보여? 조니의 눈이 빛난다. 너의 눈에는 세상이 어떤 색깔로 물들고 있을까? 조니와 조니, 가엾은 조니, 이제 조니의 눈은 잘 기억이 나지 않아, 조니의 눈을 마지막으로 본 게 언제였지, 신문 속 조니의 눈, 화면 속 조니의 눈, 하지만 그건 조니의 눈이 아니었을지도 몰라, 조니의 눈은 그해 여름에 남아 있어, 여름은 끝났고 삼십 년이 흘렀네, 하순한스는 생각한다.

사고 후 왼쪽 다리를 절단하고 물리치료를 받고 의족을 맞추고 적응하기까지 긴 시간이 흘렀다. 조니와 그날 같이 집에 가지 않았더라면, 조니와 기린천에 들어가지 않았더라면, 조니의 입술에 반사된 태양 빛에 눈이 부시지 않았더라면, 그 빛을 훔치려 하지 않았더라면, 조니가 무릎으로 배를 치지 않았더라면, 조니를 물속에 빠뜨리지 않았더라면, 물에 빠진 조니를 두고 도망치지 않았더라면, 뒤늦게 조니의 바지를 입었다는 것을 알고 다시 돌아갔다면, 아무 일도 아닌 척 뛰지 말고 천천히 걸어갔더라면, 그런 일은 없었을 거라고 하순한스는 수도 없이 후회했다. 후회는 후회를 낳았다. 조니를 물에 빠뜨린 대가치고는 너무 크다고 생각했다. 그날 조니가 익사했다면 천형 같은 벌을 당연하게 받아들였을까. 조니가 한 번 집에 찾아왔지만 얼굴을 쳐다볼 수 없어 책을 집어 던지고 쫓아냈다. 다시 찾아오기를 기다렸다. 무릎 바로 아래라 다행이라거나, 더 불편하고 힘든 사람들을 떠올려 보라는 주변의 조언은 납득할 수 없었다. 한 개인의 고통은 그 사람의 모든 것이고 상대적으로 비교가 될 수 없다고 생각했다. 그렇게 말한 사람들에게 당신의 다리를 잘라 달라고 말하고 싶었다. 그들은 어떤 표정을 지을까.

이전과는 다른 색깔로 세상이 물들어 갔다. 자신이 밀어내던 '아버지여자'가 더 가까이 다가와 있었다. 배다른 동생이 될 뻔한 아이를 유산해 슬픔에 빠진 여자의 등을 바라보다가 엄마라고 부르기 시작했다. 평소 조용하던 아버지는 흥분해 집안에 우환이 겹쳐 도저히 안 되겠다고 말했다. 서울 돈암동으로 이사를 가는 날 아침, 차에서 기린천 주변을 어슬렁거리는 하얀 떠돌이 개를 보았다. 이사를 했지만 하순한스의 상태는 변함이 없었다. 절망과 어둠 속에서 엷은 빛이 드는 길을 만드는 것은 허구의 언어 세계와 음악뿐이었다. 라디오에서 '하늘바다'의 「마네킹의 하루」란 노래를 듣곤 플라스틱 다리를 만지다 엄마에게 부탁해 음반을 구하고 거실에 있는 샤프 오디오를 방으로 옮긴 뒤 반복해서 들었다. 재킷 표지에 나온 두 남자가 조니와 한스의 나이 든 모습이라는 엉뚱한 생각에 빠졌고, 그렇다면 자신이 긴 머리인지 짧은 머리인지 따지며 불가능한 미래를 떠올리기도 했다. '하늘바다'의 모든 노래가 자신의 이야기 같았다. 그중에서 '오늘밤은 잠이 안 와 책을 볼까 낙서를 할까'라고 시작하는 「어떻하나」는 잠이 오지 않을 때마다 들었고, 듣고 있으면 잠을 잘 수 없었다. '어떡하나'를 잘못 쓴 '어떻하나'라는 제목도 묘하게 마음을 건드렸다. 음악 잡지 《핫뮤직》을 정기 구독 하고, 「전영혁의 음악세계」란 방송을 접하고는 매일 새벽 2시만 기다렸다. 지팡이에 의지해 걸을 수 있게 되자 《핫뮤직》과 방송에 나오는 음악들을 사기 위해 가끔 택시를 타고 명동의 부루의뜨락과 정동의 메카레코드, 홍대의 시완레코드를 찾아갔고, 「전영혁의 음악세계」 방송을 카세트테이프에 녹음해 날짜별로 모아 두었다. 방송 중에 전영혁 아저씨가 한 편씩 읽어 주는 시 낭독에도 귀를 기울이며 마음에 드는 시가 있으면 시집을 찾아보았다. 진이정의 시 「엘 살롱 드 멕시코」를 읽고는 레너드 번스타인의 「Copland: El Salón México」를 들으며 멕시코와 이태원과 후암동과 뉴욕을 무작정 배회하고 싶었다. 책을 읽고 음악을 들으며 밤으로 물들어 가는 세계에 익숙해졌고, 조니에 대한 분노와 그리움을 삭이고 다시 키웠다. 동정 어린 시선과 노골적인 놀림 속에서 청소년기를 보내고 뒤늦게 검정고시를 본 뒤 또래보다 이년 늦게 대학의 문헌정보학과에 입학했다. 학과 공부보다 이어폰으로 음악을 듣고 도서관에서 책을 읽는 것이 마음이 편하고 즐거웠다. 이상의 소설 「지팽이(轢死)」를 연이어 읽고 난 뒤에는 세 번째 다리와도 같은 지팽이를 '지팽이'라고 불렀다. '차에 치여 죽음'이라는 뜻의 '역사(轢死)'라는 단어도 자신의 삶을 대변하는 것 같아 마음에 들었다. 이상의 글 중 가장 희극적인 작품이지만 자신에게는 희비극이 섞인 아이러니의 정점에 있는 소설이라고, 소설 속 기차의 첫소리와 소음들이 살아서 들려온다고, 생각하며 하순한스는 자신만의 세계를 구축해 갔다.

어느 날 학교 신문사의 문학상 공모를 보고 소설을 쓰려고 했다. 도서관에서 지난 신문을 검색해 찾아보다가 이 년 전 수상작인 「한스의 방」을 발견했다. 심장이 뛰고 다리가 떨렸다. 수상자인 목종희의 사진을 보고 당선 소감을 읽었다. 조니는 윗니를 드러내며 살짝 웃고 있었다. 어릴 적 표정이 그대로 남아 있었다. '내 마음속에는 방이 하나 있다. 그 방에 한스가 산다. 한스를 보고 싶다. 한스를 만날 수 없다. 한스는 더 이상 존재하지 않는다.' 책상에 기대 놓은 집팽이가 바닥에 떨어졌다. 사람들의 찌푸린 시선이 느껴졌다. 진정이 되지 않아 하순한스는 신문 원본을 찾아 복사해 집으로 가져가 읽었다. 읽는 내내 심장이 터질 것만 같아 누워서도 집팽이를 붙잡고 있어야 했다. '침대를 위한 방이었다.' '한스는 마치 삶을 돌아보기 위해 태어난 사람 같았다.' 다 읽고 난 뒤에는 신문을 찢어 버리고 조니를 죽여야 한다고, 할 수만 있다면 집팽이로 조니의 머리를 박살 내야 한다고, 하순한스는 생각했다.

문학상에 응모하기 위해 쓰고 있던 글을 삭제한 뒤

다시는 소설 같은 건 쓰지 않기로 마음먹었다. 경상대학 건물을 기웃거리다 돌아서곤 경제학과 사무실에 전화를 걸어 목소리를 떨며 목종희 학생의 전화번호를 알려 달라고 했다. 작년에 군 휴학을 했다고 조교가 말한 뒤 전화를 끊었다. 심란한 마음을 다잡을 수 없어 당시 가장 느린 기차였던 통일호를 타고 청량리에서 부산까지 열두 시간 동안 집팽이를 잡고 기계와 풍경의 소음을 들었다. 집으로 돌아와 한차례 앓고 난 뒤 하순한스는 운전면허증를 땄다. 부모와 상의해 보철용 라노스 로미오 자동차를 구입해 틈날 때마다 전국을 돌아다니기 시작했다. 「전영혁의 음악세계」 테이프들과 수집한 LP들을 차에서 듣기 위해 음원을 추출해 CD로 만들었다. 노래 가사나 음악의 분위기로 카테고리를 분류해 하순한스 컬렉션이라 이름을 붙였다.

조니의 소식을 다시 듣게 된 것은 전라도 여행을 떠났을 때였다. 이인성의 『미쳐버리고 싶은, 미쳐지지 않는』을 읽고 혼란스러운 소설의 행로를 따라가려다 계획을 바꿔 해남 땅끝마을에서 목포를 거쳐 광주로 거슬러 올라갔다. 광주 제일극장에서 홍상수 감독의 「생활의 발견」을 본 뒤 충장로에서 상추 튀김을 먹고 광주극장을 구경하고 5·18민주묘지로 갔다. 무연고자 묘역을 거닐다 벤치에 앉아 『미쳐버리고 싶은, 미쳐지지 않는』을 펼쳐 표시해 둔 부분들을 읽었다. '광주도 어쩌면 하나의 거대한 암호 동굴일지 모른다는 생각을 하며,', '주차장에서, 그는, 어디로 가지?,라고 묻지 않고, 어떻게 가지?,라고 물을 것이다.', '아무튼 여전히 슬프다.' 누군가 집팽이를 뺏어 달아나거나 머리채를 잡아당길 것만 같은 기분이 들어 차에 타서도 오랫동안 주차장에 남아 있었다. 담양으로 빠져 소쇄원을 둘러보고 서울로 올라오다 여산휴게소에서 차를 멈췄다. 라면을 주문하고 기다릴 때 식당 텔레비전 앞에 사람들이 모이기 시작했다. 2002년 3월 24일 일요일 오후의 뉴스 속보였다. 경기도 파주에 있는 부대에서 일등병이 총기 난사 후 도망치다 자살을 했다. 세 명이 즉사했고, 다섯 명이 부상을 입었다고 했다. 그 희생자 중 한 사람이 목종희 병장이었다. 자신의 식권 번호가 울리는 것도 모르고 하순한스는 화면을 뚫어져라 보았다. 눈과 귀를 의심하며 집으로 돌아온 뒤 며칠 동안 텔레비전과 신문, 인터넷을 채웠던 보도를 찾아보고 인터넷 뉴스 화면에 뜬 목종희 병장의 사진을 유심히 보았다. 짧게 깎은 머리가 이상하게도 잘 어울린다고, 하순한스는 생각했다. 제대를 한 달 앞두고 있던 목종희 병장에 대한 안타까운 기사도 있었다. 목종희 병장의 학교 동기가 인터뷰에서 종희는 조용하지만 잘 웃는 친구였다고 했다. 눈에 익은 학교의 모습이 화면에 보였고, 경제학과 98학번 목종희를 추모하는 플래카드가 붙어 있었다. 하순한스는 처음으로 차를 몰고 경기도 부영리 기린천을 찾아갔다. 차에서 내려 집팽이로 땅을 찍었다. 기린천의 흔적은 남아 있지 않았고 주변엔 빽빽하게 아파트가 들어서 있었다. 멀리 하얀 떠돌이 개가 걸어가는 것이 보였다. 아니 그것은 하순한스의 눈에 달라붙은 먼지의 잔영이었다. 그 길로 강원도까지 운전을 하면서 컬렉션 CD에서 독일 밴드 CITY의 「Am Fenster」를 찾아 들었다. 심장이 밖으로 꺼내 달라는 듯 쿵쿵거려 핸들을 두 손으로 꽉 쥐어야 했고, 캄캄한 삼척 바다의 파도 소리를 들으며 오랜만에 왼쪽 다리의 환상통을 느꼈다. 하순한스는 학교 도서관에서 신문을 찾아 「한스의 방」을 다시 복사했다.

대학 졸업 후 서울중앙도서관 사서로 취직해 십 년

동안 일을 한 뒤 미련 없이 서울을 떠나 제주도로 내려왔다. 오래전부터 계획해 차근차근 실행한 것이었다. 이후의 삶을 위해 경제적으로나 심리적으로 많은 것을 감내하고 비축했다. 직장을 다니고 제주에 내려와 새 삶을 시작하고 책방을 운영하는 동안 조니에 대한 마음이 가라앉았지만 끈적끈적하고 뜨거운 무언가가 가끔씩 목구멍을 거슬러 올라왔고, 매년 3월 24일에는 조니가 쓴 「한스의 방」을 꺼내 읽는 행위를 지속했다. 뭔가 어울릴 것 같아 크누트 함순의 『굶주림(Sult)』 안에 「한스의 방」 복사본을 접어 넣어 두었다. 처음 책방 이름을 생각했을 때 '하순한스함순북스 Hasun-HansHamsunBooks'라고 지으려고 했다. 그건 하순한스의 실패한 농담이었다. 이후에 책방에 입고된 안그라픽스 출판사의 디자인 시집 『16시:겨울말』을 만든 자끄 드뉘망과 조니 그레이의 이름을 본 뒤에는 조니란 이름에 방점을 찍고 「한스의 방」을 새집으로 옮겨 주었다. 종이 주머니 형태의 하얀색 커버에 「한스의 방」이 쏙 들어가 어울렸다.

책방 안쪽의 문을 열고 들어가면 작은 마당이 나오

고, 마당에는 후박나무가 있다. 오래전부터 있던 나무라고 전 주인은 말했었다. 후박나무에 눈이 쌓여 있고 그 위로 계속 눈이 내린다. 하순한스는 주머니에서 담배를 꺼내 문다. 말보로맨이라는 줄리의 들뜬 목소리가 생각나 피식 웃음이 나온다. 줄리가 누구인지 하순한스는 알고 있었다. 삼 년 전, 전 세계의 토픽이었던 사건이었다. 승자 삼촌과 이야기를 나누다 미국에서 변호사를 하는 승자 삼촌의 딸이 그 사건의 인물들과 친분이 있다는 것도 자연스럽게 알게 되었다. '누가 빈센트 러브를 죽였나', '예술적 자살', '인터넷 매체 시대의 죽음' 등의 과대 포장된 기사 제목들이 눈을 끄는 건 사실이었다. 하순한스도 빈센트 러브를 흉내 내는 사람들의 동영상과 여러 글들을 보았었다. 볼수록 끔찍했다. 자신을 과시하기 위해 누군가의 약점과 고통을 끌어들이는 사람들, 인간이 어리석음에 빠지는 것은 한순간이고, 그 한순간이 영원할 수도 있다는 것을, 하지만 그 삶은 후회와 한탄과 눈물로 얼룩지고 말 것이라고, 하순한스는 생각했었다. 어떤 사건에 윤리적 평형감각을 유지하기가 쉽지 않은 시대에 살고 있다. 중요한 건 사람들이 당사자를 외면한 채 상처의 편린

들만 뽑아 이야기를 부풀리고 터뜨리고 만다는 것이다. 말의 잔해를 마주해야 하는 것은 다시 당사자의 몫으로 남을 뿐이다. 줄리와 섣불리 과거 이야기를 나눌 필요도 궁금해할 필요도 없다. 지금은 눈앞에 있는 사람들에게 충실하고, 이제는 눈앞에 없는 사람들을 기억하는 것만으로도 충분하다고, 하순한스는 생각한다.

"승자 삼춘이 담배 피우던 모습이 생각나네, 아프기 전까지 담배 파트너로 좋았는데."

담배를 피우는 하순한스를 멀거니 쳐다보고 있던 조니가 크앙, 하고 짖는다. 하순한스는 조니와 함께 집 안으로 들어간다. 옛날 집의 돌담과 원래의 외관을 최대한 살려 리모델링한 단층집이다. 정확히 나인 하프 위크 동안 연인이었다가 친구가 된 건축가 고여름이 도와주었다. 하순한스는 샤워를 하고 구찌 디즈니 실크 파자마로 갈아입는다. 여성용뿐이라 마른 몸에 꼭 맞고 팔다리가 짧지만 디자인과 옷감이 무척 마음에 들어 큰마음을 먹고 구입했다. 잠들기 전 잠옷을 만지작거리며 영원히 눈을 감는 상상을 가끔 한다. 죽을 때까지 입을 옷이라면 이 정도의 사치는 나쁘지 않다고 생각했고, 「The Peanuts」의 라이너스가 들고 다니는 담요 같은 애착 물건이자 두 번째 피부가 되었다.

하순한스는 잠든 조니의 귀를 만지곤 안쪽의 작은 방으로 들어간다. 그 방의 이름은 '한스의 방'이다. 두 평 남짓한 작은 공간이지만 많은 비용을 들여 꾸몄다. 내벽을 방음재로 채운 다음 편백나무로 마감했다. 천장은 강화유리를 붙여 하늘을 볼 수 있게 했다. 스위스 USM Haller 모듈 수납장과 프로악 오디오, 그리고 바우하우스의 마르셀 브로이어가 디자인한 바실리 체어가 놓여 있다. 오른쪽 벽에는 갤러리LP가 걸려 있다. Merzbow & Gore Beyond Necropsy의 「Rectal Anarchy」 음반이다. 음악보다 재킷의 이미지를 고려할 때가 많았다. 갤러리LP는 하순한스가 가장 어두웠던 십대 시절에 모아 둔 것에서 고르고 기분과 상황에 따라 바꾼다. 이제 바꿀 때가 되었네, 하순한스는 생각하며 방을 나간다.

하순한스는 백발의 할머니 얼굴이 클로즈업된 Wallenstein의 「Mother Universe」 음반을 갤러리LP 자리에 걸고 다시 나가 거실의 냉장고를 열어 병 하나를 꺼낸 다음 스푼을 챙겨 '한스의 방'으로 들어간다. 왼쪽 벽에 설치한 행거에 집팽이를 걸고 의자에 앉는다. 병을 열어 한 스푼 떠 입안에 담아 음미한다. 승자 삼촌이 만든 하귤잼을 더 이상 먹을 수 없구나, 정말 좋은 맛이었는데, 꼭 하귤이어야 되고, 승자 삼촌이 만들어야만 하는데, 하순한스는 생각한다. 하순한스는 리모컨으로 오디오 전원 버튼을 누르고 앰프의 AUX 단자를 선택한다. 아직 아무 소리도 들리지 않는다. 볼륨을 좀 더 높인다. 미세한 기계 노이즈가 들려온다. AUX 단자에 연결된 사운드스케이프용 고감도 와이드 마이크가 유리 천장에 매달려 있다. 해파리처럼 생긴 마이크가 머리 위에 떠 있는 것이다. 음향공학자이자 사운드아트스트인 류행기 씨한테 부탁해 주문 제작한 것이다. 하순한스는 세상에 하나밖에 없는 마이크에 '키틀러미크호(KittlerMikro)'라는 이름을 붙여 주었다. 몸에서 발생하는 호흡과 떨림과 전자파, '한스의 방'에 떠다니는 먼지의 폭풍, 그리고 사운드 장치와 사물들의 미세한 균열이 만들어 내는 진동이 키틀러미크호로 흡수되어 케이블을 타고 오디오 증폭기를 거쳐 스피커로 흘러나온다. 하귤잼을 입안에서 천천히 녹이며 하순한스는 서서히 공간을 열고 변형시키는 비선형적 노이즈를 듣고 있다. 노이즈는 피드백을 만들고 피드백은 루프가 된다. 피드백 루프 효과로 공간은 소리로 채워지는 동시에 비워지고, 주체 없는 무형의 소리 언어로 오버라이팅(overwriting)되는 동시에 이레이즈(erase)되면서 내부를 확장한다. 부피가 없는 확장이기에 사운드의 밀도와 농도는 측정할 수가 없다. 프리드리히 키틀러가 말한 또 다른 '사운드의 미로'에 머무는 것이다. 요즘엔 음악을 들을 때보다 노이즈에 집중할 때가 많다. 마음에 잔물결이 일수록 '한스의 방'에 앉아 노이즈에 몸을 맡긴다. 개념, 의식, 감정, 감각 모두 노이즈!였다. 사람들이 약물처럼 찾아 듣는 AmbientSound나 ASMR과는 거리가 있다. 노이즈는 매번 다르게 들렸고, 음향적으로도 달랐다. 공기의 진동수와 청취 상태는 인간이 지각할 수 없는 시간의 흐름 바깥에서 끊임없이 변하고 있었다. 인간이 지각할 수 없는 시간의 흐름 바깥, 그건 음향의 멀고 먼 내부라고, 하순한스는 오늘도 생각한다.

천장의 유리판을 투과하는 어둠이 '한스의 방'을 점점 밝히고 있다. 조니의 얼굴이 환하다. 그리고 무수히 많은 얼굴들이 환하다. 더 이상 표정을 바꿀 수 없는 빛의 얼굴들이라고, 하순한스는 생각한다. '우리 엄마 웃음소리가 이상하지 않았나요?' 차미 씨의 목소리가 들린다. 어디서부터 들려오는 것일까, 오디오 유령이 되어 한스의 방을 찾아오는 목소리들, 조니와 많은 사람들이 그랬던 것처럼 승자 삼촌도 노이즈 에테르로 몸을 바꾸고 있을 거야, 기억의 회로가 있다면 그 안의 주파수는 어떻게 될까, 하순한스는 생각한다. 가청의 영역 너머에서 승자 삼촌의 웃음소리를 찾아보려고 하순한스는 눈을 감는다.

눈을 감으면 눈물이 흐르고, 눈을 뜨면 눈물이 멈춘다. 하순한스의 도움으로 선흘 곶자왈에 왔다. 며칠 동안 내리던 눈이 그쳐 다행이었다. 초입의 까맣고 둥글납작한 돌들을 보곤 줄리가 아이처럼 발로 툭툭 차며 좋아했다. 차미는 천천히 걸음을 옮긴다. 눈밭에 발자국이 남는다. 얼마 걷지 않아 왼쪽 길로 들어가 마주한 도틀굴을 보며 차미는 엄마가 말했던 할머니 이야기와 할머니에 대해 쓰지 못한 언니의 텅 빈 책을 떠올린다. 옆에 있는 하순한스가 아무런 설명도 하려고 않고 가만히 있어 마음이 편하다고 차미는 생각한다. 제주엔 아직도 풀지 못한 암호 동굴이 너무 많지, 동굴은 바다 건너 육지의 곳곳으로 이어지고, 광주를 맴돌며 깊어지고, 다시 제주를 향하다 맹골수도에서 소용돌이쳤지, 하순한스는 생각한다. 줄리는 블랙엠마 북스토어에서 본 한국 소개 책의 사진과 '10% people of Jeju's population killed' 문장에 대해 생각한다. 줄리가 도틀굴 입구를 막아 놓은 철망 사이로 돌 하나를 떨어뜨린다. 돌이 떨어지면서 소리를 낸다. 차미와 줄리와 하순한스가 자리를 떠나고 나서도 돌은 계속 굴러떨어진다. 돌이 굴 안에 떠도는 소리들과 부딪혀 또 다른 소리를 만들고 되울리며 한참 동안 운다.

도를아를도틀돌돌아를르도르도도틀레를도도틀아돌돌르아아아도틀라아아나아파피아돌돌르롤아를레도틀아레르돌르돌레돌돌마아마마파파마마나아파아돌돌를알를르도살를굴라돌굴라라아돌아아를아아아도틀돌르돌레돌아돌도틀돌돌아를르레를도도틀아돌돌르아아아뼈나아파아돌도틀라아아돌르롤아를레아도틀돌르롤도틀굴라돌굴라뼈라아돌르돌레돌돌마아마마파파마마사알나아파아돌돌아아를레도틀아레르돌를알라르레를도도틀아돌돌르아아아도틀라뼈아아돌르롤아를레도틀돌르롤아를레도틀아레도틀돌돌아를

르레를도도를아돌돌르아아아도돌아돌도를돌돌아를
살르레를도도를아돌돌르아아아도를라아아돌르롤아
를레도를돌르롤아를레도를아레도를돌돌아를르레를
도도를아돌피돌아돌르아아아도를라아아돌르롤아를
레도를돌르돌레돌돌마아마마파파마마나아파아돌돌
르롤아를뼈레도를도르도를레를도도를아돌돌르아아
나아파아돌아도를라아아돌르롤아를레도를아레르돌
를알를르아를아아아도를돌르돌레돌아돌도를돌돌아
를르레나살아파아돌를도도를아돌돌르아아아도를라
아아돌르롤아를레도를돌르롤아를레도를아레도를돌
돌아를르나아파아돌레를도도를아돌돌르아아아도를
라아아돌르롤돌르살돌레돌돌마아마마파파마마나아
파아돌아를뼈레도를돌르롤아를레도를아레르돌를알
를르아를아아아도를돌르돌레돌아돌도를돌돌아를르
레를도도를아돌돌르아아아도를라아아돌르나아파아
돌아돌르롤아를레도를돌르롤아를레도를아레르돌를
알를르뼈아를아아아도를나아파아돌돌르돌레돌아돌
도를돌돌아를르레를도도를피아돌돌르아아아도를라
아아돌르아레르도를아를도를돌레돌아돌도를돌돌르
롤아를레도를아레돌아아알를돌레돌아돌도를돌뼈돌

아를르레를도도르돌를알를도를아아아아도를굴라돌
굴라라아돌를르도르도를레를도도를돌르돌돌레돌
돌마아마마파파마마나아파아파피뼈살아파나돌.

며칠 전 일이 까마득하게 느껴진다. 차미는 마지막
으로 엄마 옆에 작은 돌을 올려놓았다. 어승생 한울누
리공원에 잔디장으로 엄마를 보냈다. 지인들이 평소
에 엄마가 그렇게 원했다고 말해 주었다. 처음 본 사람
들의 도움을 많이 받았다. 자신이 모르고 있던 엄마에
대한 이야기를 듣고 있으니 알 수 없는 기분에 사로잡
힌다고, 차미는 여러 번 생각했다. 엄마가 좋아하는 음
식, 엄마가 좋아하는 옷, 엄마가 좋아하는 색깔, 엄마
가 좋아하는 책, 엄마가 좋아하는 과일, 엄마가 좋아하
는 사람, 엄마가 좋아하는 동물, 엄마가 좋아하는 차,
엄마가 좋아하는 드라마, 엄마가 좋아하는 꽃, 엄마가
좋아하는 술, 엄마가 좋아하는 계절, 엄마가 좋아하는
숫자, 엄마가 좋아하는 노래 이야기를 듣고 있으면 자
신이 알고 있던 엄마가 다른 사람처럼만 느껴졌다. 결
국 자신은 엄마에 대해 알고 있는 것이 거의 없다는 것
을 알게 되었다. 그게 나쁜 일일까. 그게 슬픈 일일까.

내가 배신감을 느끼거나 슬퍼하면 엄마는 오래전 언니와 나에게 말했던 것처럼 매정한 년들, 니들은 니들밖에 몰라, 하면서 소리를 지를 거야, 그러곤 어색한 분위기를 바꾸려 또다시 이상한 웃음소리를 내겠지, 차미는 생각했다.

"승자 성은 「개여울」을 잘 불렀어. 그리고 이 노래도 자주 들었어. 딸 목소리랑 비슷하다고……. 나중에 들어 봐."

엄마와 귤도 따고 놀러도 다녔다던 분이 차미의 손을 꼭 잡고 있다가 핸드폰으로 노래를 검색해 보여 주었다. 장례를 마치고 줄리와 함께 엄마 집으로 돌아와 차미는 외투만 벗고 쓰러져 잠들었다. 몇 시쯤 되었을까. 어둠 속에서 더 잘 보이는 것이 있다는 것을 차미는 알게 되었다. 깊고 깨끗한 잠에서 깨어 음악을 틀었다. 이은저라는 가수의 「하고 싶은 말이 없다」라는 노래였다. 언니의 허스키한 목소리와 닮은 것도 같고 아닌 것도 같았다. 음색과 노랫말이 몸 안에 점점 물결을 일으키더니 파도를 치게 했다. 장례식 내내 흐르지 않던 눈물이 쏟아졌다. 줄리가 깰까 봐 입을 막고 화장실로 들어가 문을 잠갔다. 창밖으로 밤의 음악을 지우는 눈이 흩날리고 있었다.

눈밭에 새겨진 하순한스의 발자국을 보며 차미는
천천히 걸음을 옮긴다. 두 걸음 정도 차이로 하순한스
가 앞서 걸어가고 있다. 하순한스는 파란색 커버롤에
자주색 숏패딩을 걸쳐 입고 검은색 미들부츠를 신고
있다. 왼쪽 종아리에 초록색 주머니가 달려 있다. 재밌
는 사람이야, 차미는 생각한다. 작업용이나 패션으로
입는 커버롤과는 다르다. 여러 색깔의 주머니가 엉뚱
한 위치에 달려 있다.

빨간색 지프에서 내린 하순한스를 보고 줄리가 와
우, 포켓맨,이라고 말했었다. 하순한스가 웃었다.
"제가 주머니를 좀 더 붙였어요."
"언니 집시 옷과 세트 같아."
줄리의 말에 차미가 웃었다. 하순한스가 지프의 문
을 열고 뒷자리 의자를 세웠다. 차미와 줄리가 차에
탔다.
"이건 또 뭐예요?"
룸미러에 달린 것을 보고 줄리가 물었다. 하순한스

가 글로브박스를 열어 지퍼백을 꺼내 뒷좌석으로 넘겨주었다.

"나중에 주려고 했는데, 하나씩 고르세요. 계란주머니예요. 저는 에그머니나로 불러요."

"에그머니나?"

"직접 만들었어요?"

다양한 색의 털실로 만든 에그머니나를 차미와 줄리가 살펴보았다. 줄리는 민트그레이를, 차미는 로즈핑크를 골랐다. 줄리가 작은 목소리로 차미에게 말했다.

"Isn't he a nut case?"

차미가 팔꿈치로 줄리의 옆구리를 살짝 찔렀다.

"Exactly. I'm super shiny nut case."

하순한스의 말에 차미와 줄리가 동시에 웃었다.

"승자 삼촌이 뜨개질을 가르쳐 줬어요. 저한테 소질이 있다고 하더군요."

하순한스의 옆얼굴에 미소가 걸려 있었다. 엄마는 뜨개질을 한 적이 없었어, 뜨개질하는 여자들이 답답해 보인다고 했어, 차미는 생각했다. 차가 덜컹거리자 룸미러에 걸린 레인보우 에그머니나가 흔들렸다. 줄리가 자기의 에그머니나를 입술에 부비며 말했다.

"Nuts Soft!"

눈밭에 찍힌 차미의 발자국을 따라 밟으며 줄리가
천천히 걸음을 옮긴다. 이런 숲은 처음 본다고, 선흘
곶자왈이란 발음이 어려웠지만 어려운 만큼 신비롭고
아름답게 들린다고, 줄리는 생각했다. 하순한스의 어
깨에 걸린 로열블루색 에코백에 써진 글자들이 흔들
린다. 뭐라고 쓰여 있는 거지, 생각하며 줄리가 차미를
앞질러 가 하순한스의 에코백을 잡고 흔들며 말한다.

"포켓맨, 내가 들어요."

"Nuts Thanks!"

에코백 안에서 좋은 냄새가 난다. 줄리는 에코백 안
을 들여다본다. 텀블러와 갈색 종이봉투가 들어 있다.
에코백에는 존 케이지의 영어 문장이 프린팅되어 있
다. 줄리가 눈으로 읽는다.

*This view makes us all equals — even if among us are
some unfortunates: whether lame, blind, stupid, schizoid,
or poverty-stricken.*

How we are. Let us say Yes to our presence together in chaos.

— John Cage, "WHERE ARE WE GOING? AND WHAT ARE WE DOING?"

이러한 관점은 우리 모두를 평등하게 한다. 우리 중 누군가는 다리를 절거나, 눈이 멀거나, 어리석거나, 정신병에 걸렸거나, 가난에 시달리는 불행한 사람들이라 해도 말이다.

우리는 여기 있다. 혼돈 속에 함께 있는 우리의 존재를 긍정하자.

——존 케이지, 「우리는 어디로 가고 있는가? 또 무엇을 하고 있는가?」**

에코백 오른쪽 밑에는 'Designed by HasunHans-Books'라고 표기되어 있고 그 옆에 부엉이 그림이 붙어 있다. 하순한스는 웃기는 사람이네, 줄리는 생각하

---

* John Cage, *Silence*, Wesleyan University Press, 2011, p. 195.
** 존 케이지, 나현영 옮김, 『사일런스』(오픈하우스, 2013), 232쪽.

며 '와이어레코드'에서 일했을 때를 떠올린다. 존 케이지 음반을 찾는 사람들은 거의 없었다. 빈센트는 존 케이지를 꼰대라고 했다.(John is fogey.) 존 케이지보다는 필립 글래스가 좋다고 빈센트는 말했다. 그러자 줄리가 필립 글래스도 꼰대라고 했다.(Philip is square.) 둘을 비교할 수 있는 건가. 세상에는 비교가 안 되는 사람들이 있어. 줄리는 생각했고, 존 케이지의 「Bird Cage」와 필립 글래스의 「Glassworks」를 서로의 핸드폰 유튜브로 동시에 틀어 놓고 '술잔을 깬 존 케이지야, 새장에 갇힌 필립 글래스야.' 하면서 빈센트와 취해 바닥을 기어 다녔다. 새벽에 줄리가 눈을 떴을 때 존 케이지의 「Dream」이 들려오고 있었고, 어둠 속에서 빈센트가 부서진 의자에 앉아 빨간 사과를 깎아 먹고 있었다. 바보 같은 시간이었어, 병신 같은 비니, 지푸라기가 다 빠져 버린 허수아비, 하지만 비니가 아니었다면 차미 언니를 만날 수 있었을까, 지금 여기에 있을 수 있을까, 불쌍한 비니, 가엾은 러브, 술잔이 깨지고, 새장에 갇혔네, 비니, 이제 너도 거기서 눈을 밟고 걸어 다녀라, 줄리는 생각한다.

길은 좁아졌다 넓어졌다 한다. 구부러졌다 길게 뻗었다 한다. 앞이 보이기도 하고 막히기도 한다. 금방이라도 눈이 다시 내릴 것 같은 하늘이 보였다 사라졌다 한다. 안으로 들어갈수록 눈이 많이 쌓여 있다. 눈밭 사이로 줄기가 뻗어 나가는 나무들이 있다. 길고 가느다란 나무들이 있다. 하늘 높이 솟은 나무들이 있다. 기이하고 우아하게 으스스하고 아기자기하게 얽히고 설킨 나무들이 있다. 윤기를 뽐내는 풀들이 있다. 바람에 젖은 풀들이 있다. 시든 풀들이 있다. 이제 막 자라기 시작한 풀들이 있다. 자라고 싶어도 자랄 수 없는 병든 풀들이 있다. 풀도 아니면서 풀인 척 풀 속에 숨어 풀이 되기를 기다리는 풀들이 있다. 풀이 되기 싫어 풀에서 벗어나려고 온갖 풀 짓을 다 하는 풀들도 있다. 아니야. 아니야. 난 아니야. 풀들이 고개를 흔든다. 나무들과 풀들이 길을 만든다. 장엄하고 선명하게 고전적이고 세련되게 흔들리고 있는 풀들과 나무들, 사이사이가 환하다. 아득하지 않다. 망막하지 않다. 숲이 끝없이 펼쳐진다. 곶자왈이다. 곶-자-왈.

"괜찮아요?"

차미가 하순한스에게 묻는다.

"차미 씨, 계속 가요."

하순한스가 말한다.

"차미 씨이, 계소옥 가아요."

줄리가 하순한스의 목소리를 따라 한다.

각자의 걸음으로 한참을 걸으니 눈앞에 넓은 습지가 펼쳐진다. 물 위로 잔물결이 인다. 마른 풀잎들이 바르르 떤다. 물 위에 비치는 것이 아무것도 없다. 물 위에 모든 것이 비쳐 보인다. 이제 막 언어에 자신감이 붙은 아이처럼 줄리가 안내문을 한 자 한 자 소리 내 읽은 뒤 말한다.

"먼물깍? 제주 말은 왜 다 이상하고 예뻐."

벤치에 앉은 하순한스가 줄리에게서 에코백을 받아 안에 든 것을 꺼낸다. 텀블러에는 커피가, 종이봉투 안에는 당근사과빵이 들어 있다. 세 사람은 그것을 나눠 먹는다. 간지럼과 부끄럼을 잘 타는 작은 동물들이 겨울 양식을 비축하는 것처럼 세 사람의 입이 바쁘게 움직인다. 입술에 조금씩 빵가루가 묻어난다.

"정말 좋다."

"베리 베리."

"가끔 노루를 볼 수 있어요. 제주 말로 노리."

"노루가 뭐야?"

"roe deer."

"아, 노루 보고 싶다. 노루. 노리. 노루리루리."

줄리가 두 손을 맞잡고 흔들며 말한다.

"다음에 오면 더 좋은 곳으로 데려갈게요. 알려지지 않은 곳이 많아요."

하지만 이들을 다시 만날 수 있을까, 내일 떠난다고 했다, 오늘의 풍경을 문득문득 떠올리다 온종일 음악의 미소를 짓거나 멍하니 창밖을 바라보지 않을까, 먼 금요일, 남은 것, 시제의 바깥에서, 걸을수록 빛이 나는 사람들, 서로의 이름을 부를 수 있게, 목소리의 숨결, 밤과 손, 어렴풋한 초침 소리, 밤 덤불이 굴러오면 어쩌나, 모두 잘 주무세요, 겨울잠 꿈 하나, 짐 오루크의 「Sleep Like It's Winter」가 음악의 문을 두드리고 있어, 이대로 계속 잠들면 안 될까, 다시 눈이 내리고, 눈과 눈물을 뒤집어쓰고, 푸른 전구 빛으로 몸을 씻고, 겨울 가장 조용한 소설을 읽자, 거기 지금 몇 시예요, 얼굴들, 장소들, 나무들, 풀잎들, 환하다, nuts everything, 에그머니나, 말은 언제나 주워 담을 수 없지, 하순한스는 생각한다.

"줄리, 우리 여기서 살까?"

"아니."

"그래. 아니."

하순한스가 차미와 줄리를 쳐다본다.

"물에 빠져 본 적 있어요?"

차미와 줄리가 하순한스를 쳐다본다.

돌아갈 때는 더 천천히 걸었다. 말보다 침묵의 시간이 길었다. 그 시간을 어색하게 느끼는 사람은 없었다. 줄리가 뒤를 돌아 눈 위에 새겨진 누군가의 발자국을 찾아 밟으며 거꾸로 걷는다. 오래전부터 이걸 해 보고 싶었어, 줄리는 생각한다. 차미가 줄리를 따라 뒤로 걷는다. 이렇게 계속 갈 수 있을 거야, 차미는 생각한다. 하순한스가 망설이다 차미를 따라 조심스럽게 뒤로 걷는다. 눈을 감고 뒤로 걸을 수 있을까, 하순한스는 생각한다. 눈을 밟는 소리가 들린다. 차미는 생각했다. 줄리는 생각했다. 하순한스는 생각했다. 많은 소리들이 되살아날 거야. 하순한스는 생각한다. 차미는 생각한다. 줄리는 생각한다. 아주 작은 소리도 느껴져.

줄리는 생각할 것이다. 하순한스는 생각할 것이다. 차미는 생각할 것이다. 세 사람의 옷이 닿을 듯 말 듯 한다. 아직 겨울이다. 숲 저편 안전한 곳에서 이제 막 깨어난 노루가 점점 투명해지는 세 사람을 지켜보고 있다. 나뭇가지에 매달려 있던 눈송이가 천천히 노루의 이마로 떨어진다. 자연은 끊임없이 분주한 소음을 만들어 내고 있다. 더 많은 소음이 음악이 되기를. 듣기 위해 움직이며, 우리는 어디론가 갈 수 있고, 또 무언가를 할 수 있다.

01 정미조, 「개여울」, 아세아, 1972

02 벌거숭이, 「삶에 관하여」, 한국음반, 1985

03 LeopoldLeopoldobeach, 「Beach B」, Knickers, 1974

04 Beach boys, 「Sloop John B」, Capitol, 1966

05 Myriam Alter, 「Waking up」, Enja Records, 2002

06 Johnny Cash, 「Ring of Fire」, Columbia, 1963

07 Conway Twitty/Loretta Lynn, 「Louisiana Woman, Mississippi Man」, MCA, 1973

08 Dexter Gordon, 「What's New」, Fuel2000, 2003

09 Louis Armstrong/Bessie Smith, 「Careless Love」, Masters of Jazz, 1994

10 Myriam Alter, 「Come With Me」, Enja Records, 2007

11 Loretta Lynn, 「Don't Come Home A Drinkin'(With Lovin' on Your Mind)」, Universal, 1967

12 Reba McEntire, 「You Lie」, MCA, 1990

13 The Judds, 「Mama He's Crazy」, RCA, 1983

14 Thrust, 「Past, Present, Future」, Knowledge Of Self, 1996

15 Ornette Coleman Trio, 「Faces and Places」, Blue Note, 1965

16 Miriam Nuez, 「Las Soldaderas」, La Ceci Records, 2010

17 하늘바다, 「마네킹의 하루」, 성음, 1989

18 하늘바다, 「어떻하나」, 성음, 1989

19 Leonard Bernstein/New York Philharmonic Orchestra, 「Copland: El salón México」, Deutsche Grammophon, 1991

20 CITY, 「Am Fenster」, BMG, 1992

21 Merzbow & Gore Beyond Necropsy, 「Rectal Anarchy」, Release Records, 1997

22 Wallenstein, 「Mother Universe」, OHR, 1972

23 이은저, 「하고 싶은 말이 없다」, Polydor, 1996

24 John Cage, 「Bird Cage」, Emf Media, 2000

25 Philip Glass, 「Glassworks」, CBS Masterworks, 1982

26 John Cage, 「Dream」, Catalyst, 1994

27 Jim O'Rourke, 「Sleep Like It's Winter」, Newhere Music, 2018

『당신의 사라진 미소는 어디에』
최초의 제목처럼 사라질 소설이었다

2015년 여름, 연재를 시작했으나 미완으로 끝냈고,
이 소설은 암회색 먼지로 소멸할 거라 생각했다
2017년 봄, 선생님의 책상에는 도리스 레싱의 책이
놓여 있었다
창밖은 곧 비가 올 것처럼 흐렸고, 머릿속 혈관이
엉켜 버린 것만 같았다
"왜 그 소설은 책으로 내지 않으세요?"
2019년 여름, 소설을 처음부터 다시 쓰기 시작했다
이미 사라진 소설이 아닌가, 고개를 돌리며

워드 파일을 닫을 때마다 선생님의 아득한 말을 떠올리곤 했다

작은 빛처럼 얼굴을 스치고 지나갔을 말이 소멸되어 가는 언어를 계속 돌아보게 만들었다

그렇게 믿고 싶었다

이야기가 시작되는 자리는 어디일까?

이야기가 사라지는 자리는 어디일까?

영원히 사라지지 않는 이야기도 있을까?

그건 음악과 닮은 이야기일 것이다

사라짐으로 시작하기에 음악은 더 이상 사라지지 않는다

음악과 닮은 이야기를 쓰고 싶었다

음악이 결코 될 수 없는

음악과 닮은 이야기

그리고 사랑 이야기를

『러브 노이즈』는

음악(러브) 삼부작의 첫 번째 이야기다

이야기가 사라지기 전에 계속 써야 한다

계속 쓰게 해 주는 사람들

최고의 한 팀인 J와 W, D
나도 모르는 이야기의 어떤 슬픔과 아득함 그리고
아름다움을 언어로 되돌려 준
용준과 해서
난청의 언어를 독일어로 번역해 준 라삐율
함께 문학 언어의 가능성을 꿈꾸는
친구들과 미래의 독자들
세심함과 배려로
책을 만드는 기쁨을 다시금 느끼게 해 준
박혜진 편집자께
깊은 감사를 전한다

오랜만에 아주 긴 산책을 한 것 같다
산책은 언제나 신비롭고 걸을수록 아득하다
아득하다면 아득함의 끝까지 가겠다 ♪

2021년 10월 겨울음악공원에서
김태용

여기 여덟 개의 목소리가 있습니다

윤해서 (소설가)

여기 여덟 개의 목소리가 있습니다.
목소리는 목소리로 둘러싸여 있습니다.

조니 : "언어는 한 번도 흔들리지 않은 적이 없다. 흔들림, 흔들림 뿐이었다. 흔들림에 나의 모든 것을 맡겨도 좋을까." "목소리가 불쏘시개다."

차미 : "나는 기억 재생 장치가 되어 가고 있다. 엄마의 미소. 언니의 눈빛. 나의 침묵. 망각의 안개가 걷힌 내 기억의 숲에서 언니의 글들과 목소리가 고주파의 기이한 소음을 만들며 되울리고 있다."

차정 : "나는 이야기의 중심이 아니라 없는 이야기의 중심 없음이 되고 싶은 거야."

솔랑쥐 : "나는《The Baltimore Noon》에 실린 동양 여자의 살

인사건 기사를 읽고 소설을 구상해 쓰기 시작했다."

제니퍼 : "정말이야?" "정말이냐고?"

빈센트 : "제니퍼는 지금 내 목소리를 듣고 있어, 날카롭게 연마된 레터나이프를 들고 있는, 입을 다물고 있는, 나를 보면서, 내 목소리와 나는 어울리지 않아, 세상의 소음과 나의 목소리는 어울리지 않아,"

줄리 : '지금도 누군가가 그 목소리를 듣고 있을까. 누구나 쉽게 그 목소리를 들을 수 있다. 그 목소리를 따라 할 수 있다. 그 목소리를 흉내낼 수 있다. 지금도 누군가가 그 목소리를 듣고 있을 것이다. 그 목소리가 다시 들려오기 시작한다.'

한스, 하순한스 : "조니, 잘 있었어?"

여덟 개의 목소리는 여덟 개의 목구멍에서 흘러나옵니다. 여덟 개의 구멍이 있습니다. 여덟 개의 구멍을 가진 것들을 떠올립니다. 무형의 리코더를 상상합니다. 리코더의 구멍은 여덟 개. '리코더'(Recorder)라는 이름의 기원은 지역마다 다르다고 합니다. 영·미권에서 "리코더라는 명칭은 '새처럼 노래하다'라는 뜻을 내포하는 'record'(기록하다)라는 동사에서 기인한 것으로, 넓은 의미에서 '스스로 기억하다' '상기하다'라는 뜻을 내포하고 있는 'record'는 더 거슬러 올라가면 '기억하다'라는 의미를 가진 라틴어 'recordari'에서 유래했다고 합니다. 이때 리코더는 한 고장에서 다른 고장으로 노래를 전파하는 중세 음유시인처럼 '이야기를 전달하는 사람', '이야기를 기록하는 사람'의 악기를 의미한다"고, 악기백과는 명기하고 있습니다. 여기, 여덟 개의 목소리는 노래합니다. 삶을 기록합니다. 스스로를 기억합니다. 이 무형의 리코더는 이야기를 전달합니다. 이야기를 기록합니다. 이야기를 묻습니다. 이야기를 흔듭니다. 이야기를 비춥니다. 이곳과 그곳에서. 당신을 기다립니다. 마지막 하나의 구멍이 완성되지 않으면 리코더는 하나의 침묵일 뿐입니다. 숨을 불어 넣는 마우스피스의 구멍. 당신만이 리코더를 리코더로 만듭니다. 당신의 주파수가 리코더의 음역대를 결정합니다. 무형의 리코더는 2옥타브를 가볍게 뛰어넘어 **"인간이 지각할 수 없는 시간의 흐름 바깥"**, **"음향의 멀고 먼 내부"**를 울립니다. "당신은 무슨 일로 그리합니까?"

　　여기 하나의 악기가 있습니다.
　　당신의 숨을 기다립니다.

나는 사랑해서는 안 될 소설을
향해 나아가고 있습니다

정용준(소설가)

Dear. K

소설은 이렇게 흘러가. 4도에서 5도로, 마이너로 떨어졌다가 메이저로 올라오지.

당혹스러운 K는 『LoveNoise』를 작곡했지.

……. 우리가 뱉어 낸 모든 숨결이 『LoveNoise』였어요.*

당신의 언어에 목소리를 실어 말하는 나는 복화술사. 몇 밤과 몇 날 그리고 몇 개의 구름과 새벽 동안 당신이 쓴 글을 읽고 당신이 하는 말을 들었습니다. 그동

---

* Jeff Buckley, 「Hallelujah」

안 나는 꿈과 잠이 섞이고 말과 글이 뒤엉킨 이상한 바보 같은 것이 되어 오늘과 어제를 구분할 수 없는 벌거숭이가 되고 말았어요. 그러니 반쯤 취해 반쯤은 다른 영과 혼으로 말하고 쓰는 나를 이해해 주세요. 당신을 베끼는 내 말과 글. 사랑이구나, 생각해 주세요.

현실이 소설을 압도하는 정오의 시간입니다. 지지부진한 현실의 목소리가 하모니와 코스모스가 되어 졸졸졸 흐르는 냇가에 당신은 홀로이 앉아 있어요. 당신은 무슨 일로 그리합니까? 무엇을 생각합니까?

나는 무엇을 생각합니다. 얼마나 더 많은 이야기들이 밝혀지지 않은 채 가라앉아 있을까요? 많은 말을 하고 싶지만, 더 많은 말을 쓰고 싶지만, 찢어내듯 뮤트하고 부탁합니다. 계속 당신의 이야기만 써 주세요. 무엇을 쓰든 그 손은 부드럽고 아름다울 거예요. 규칙과 형식이 깨진 자리에 새롭게 도는 규칙과 형식. 그곳에 작은 이야기, 작은 눈송이, 작은 사람, 그리고 작은 목소리가 있다는 것을 압니다. 만지면 가시가 도는 이야기라고 했지요. 만지면 마음속에 피어나는 붉은 꽃은 대체 무엇인가요. 손가락에서 맺힌 붉은 것을 핏방울이라 호들갑 떠는 이들이 고래고래 노래하고 있어요.

나는 모자를 잃어버린 겨울 사냥꾼. 당신은 커다란 금관악기를 손에 든 악사. 이것은 소설입니까. 소음입니까. 쇠로 만들어진 기계 같은 구불구불한 벨에서 태어난 소리가 나무에서 태어난 그것보다 부드럽고 축축하다니. 멜로디도 없고 코드도 없는데 그것은 물소리처럼 졸졸졸 흐릅니다. 세상에 기가 막혀요. 현과 북과 건반에서 나는 소리처럼, 쾅쾅쿵쿵 천둥과 번개처럼, 딱딱 맞아떨어지다니!

내가 읽어 낸 것은 다음과 같습니다.
플러스와 마이너스는 각각 아름다워요. 그 둘이 더해지면 허공이 됩니다. 그 둘을 곱하거나 나누면 영원이 되고, 둘을 한자리에 놓고 말하면 하나가 됩니다. 플러스와 플러스. 마이너스와 마이너스. 그것은 쉽게 셈할 수 없는(있는) 수학. 코드가 뒤섞인 음악. 끝내주는 문학입니다.

읽는 소설. 듣는 소설. 보는 소설. 모두 예쁜 소설들.

1도에서 4도 그리고 5도로 진행되지 않아도 모두 예쁜 하모니.

노이즈라니요. 러브노이즈입니다.

당신은 사랑해서는 안 될 소설을 써 나가세요.

나는 사랑해서는 안 될 소설을 향해 나아가겠습니다.

From. J

P.S 제가 보고 싶을 땐 두 눈을 꼭 감고 나즈막히 소리내어 휘파람을 부세요*

---

* 정미조, 「휘파람을 부세요」

러브 노이즈

김태용 장편소설

1판 1쇄 찍음 2021년 10월 11일
1판 1쇄 펴냄 2021년 10월 22일

지은이   김태용
발행인   박근섭·박상준
펴낸곳   (주)민음사

출판등록 1966. 5. 19. 제16-490호
주소   서울시 강남구 도산대로1길 62(신사동)
         강남출판문화센터 5층(06027)
대표전화 02-515-2000 | 팩시밀리 02-515-2007
홈페이지 www.minumsa.com

ⓒ김태용, 2021. Printed in Seoul, Korea

ISBN 978-89-374-1389-6 (03810)